路边草

[日]夏目漱石　著　魏雨　译

北京联合出版公司
Beijing United Publishing Co.,Ltd.

一

　　健三离开东京有几年的时间了，这次从遥远的地方[1]归来，住在驹込后街。他踏上故土时，觉得无比亲切，同时又有一种伤感油然而生。

　　刚到新环境，他的身体里还沉积着那个遥远的国家的习气。他厌恶那种习气，想尽早摒弃它，却没有注意到其中隐藏着的自豪和满足。

　　他跟那些沾有那种习气的人一样，充满神气，每天按部就班，在千驮木[2]到追分的大街上往返两次。

　　一天，小雨迷蒙。健三没有穿外套，也没有穿雨衣，只是打着一把伞，像往常一样向家的方向走去。正走着，在离卖车店不远的地方，他遇见了一个意想不到的人。那个人沿着根津寺后门的坡道向他走来。健三漫不经心地向来人的方向望去时，那个人正在距离自己二十米左右的地方。

　　健三连忙把目光移开。他本想装作陌生人一样，从那个人的身边走过去，可是又觉得有必要再确认一下那个人的相貌。因此，当

---

1 遥远的地方：隐指夏目漱石于一九零零年去英国留学，两年后又回到日本。
2 千驮木：即驹込后街，夏目漱石的住址。

他们相距五米左右时，健三再次向那个人望去，却发现那个人早就站在那里，而且一直盯着他。

街上寂然无声，如丝的细雨在两人之间不断地飘落，彼此很容易就能看清对方的脸。健三迅速看了他一眼，之后径直向前方走去。但是对方却一点儿也没有要走的意思，他一动不动地伫立在路旁，目不转睛地看着健三从自己身边走过。健三能感觉到，那个人的脸正随着自己的脚步，一点一点地转动着。

健三已经很多年没有见过这个男人了。他不到二十岁时就与这个男人失去了联系，如今十五六年过去了，这是他们第一次见面。

现在的健三，无论是地位还是境遇，与十几年前相比，都发生了巨大的变化。他留了胡须，戴了圆顶礼帽，想起多年前自己那副秃头旧模样，连他自己也不禁产生了隔世之感。然而那个人却没有什么变化。怎么算，那个人也应该有六十五六岁了吧，为什么仍是满头黑发呢？健三心里觉得怪怪的。那个人过去没有戴帽子出门的习惯，如今也固执地坚持着这个习惯，这个特点也让健三觉得他很奇怪。

健三不想碰见那个人。他曾经想过，要是万一碰上了，就算那个人比自己穿戴得整齐也没有什么大不了的。不过，眼前的这个人，任谁见了，恐怕都很难相信他过着富裕而悠闲的生活。戴不戴帽子是个人的喜好，姑且不论，单从衣着上来看，他最多也就是个过着中等以下生活的老人罢了。健三还注意到，那个人撑的是一把很陈旧的粗布雨伞。

那天健三回到家后，一直无法忘记在路上碰见那个人的情景。那个人伫立在路旁，直勾勾地望着他擦身而过的神态，不断侵扰着他，弄得他心烦意乱。可是，他什么也没有告诉妻子。他就是这样，心情不好的时候，即便有很多话想说，也不愿意告诉妻子。而妻子呢，面对一言不发的丈夫，除非有很重要的事情，否则她也决不开口。

二

第二天，健三在同样的时间，路过同样的地点。第三天也是一样。但是，那个不戴帽子的男人再也没有出现过。

健三每天机械而勉强地在那条路上来来去去。无聊的日子就这样过了五天，第六天早晨，那个不戴帽子的男人再次突然从根津寺坡道的下坡处冒出来，把健三吓了一跳。还是和上次一样的地方，一样的时间。

尽管健三感觉到对方正在慢慢靠近自己，但他想和平常一样，机械而勉强地走过去。然而对方的态度却与自己截然相反。那个男人聚集起使所有人看了都会感到不安的目光，死死地盯着健三。那眼神阴沉可怕，使人明显地感觉到，只要有机会，他就会向健三走过来。健三毫不迟疑地从那个男人身旁冲了过去，心中却产生了异样的预感：总是这样终究也不是办法啊。

但是当天回到家后，健三终究也没有和妻子说起遇到不戴帽子的男人的事情。他和妻子结婚已经七八年了。当时，他就已经与那个

みちくさ

人断了关系，而且因为婚礼不是在老家东京举办的，所以妻子应该不知道那个人。如果仅仅是传闻，或者是健三本人无意中说漏了嘴，又或者是从亲戚那里听说，从而使妻子知道了那个人，对健三而言，这也不是什么大不了的事。只是结婚之后发生了一件与那个人有关的事，至今还时常浮现在健三的脑海里。

五六年前，当时健三还在外地工作。有一天，他发现办公桌上意外地放着一封厚厚的信，从字体上看像女人写的。他带着奇怪的表情开始看信，看了很久也没能把信看完，因为那封信有二十来张纸，每张纸上都写满了密密麻麻的小字。健三只看了大约五分之一，之后就把信交给了妻子。

当时，他觉得有必要向妻子解释一下这个给自己写信的女人的情况，更有必要把和写信的女人有关的那个不戴帽子的男人拉出来作证。健三依然记得当时自己无奈的心境，至于究竟向妻子作了何种程度的解释，易于情绪化的他早已不记得了。不过因为和女人有关，妻子一定还记得很清楚，可他不想去问妻子。他不愿意把写长信的女人和不戴帽子的男人放在一起，因为这样会使他回忆起不幸的往事。好在目前他没有工夫去为这些事操心。

他回到家，换了身衣服就钻进了自己的书房。待在这不到十二平方米的小房间里，他感觉要做的事情堆积如山。实际上，比起工作来，还有一种不得不承受的刺激更强烈地支配着他，使他焦躁不安。

他打开从遥远的地方带回来的箱子，取出外文书，盘腿坐在山一样的书堆里，他能就这样过上一个星期，甚至两个星期。他通常随手抓到哪一本，就拿过来看上两三页，所以这间重要的书房一直都是乱七八糟的。实在是看不下去的时候，或者有朋友来访的时候，他就一股脑儿地把所有的书都塞进书架。认识他的人，大部分都说他有神经质，他自己却认为这是个性。

三

健三天天被工作逼着，即使回到家里，也得不到片刻清闲。他不是看书就是写东西，要不然就是思考问题，始终被拴在桌子跟前。因此，他几乎不知道世上还有"清闲"二字。

他忙得不可开交，娱乐场所也很少去。朋友劝他去学谣曲，他也委婉谢绝了。他很吃惊：为什么他们能过得这么悠闲？他压根儿就没有觉察到，自己对待时间和守财奴对待金钱如出一辙。

自然而然地，他不得不远离社交，远离他人。像他这样的人，思想与文字的联系越复杂，就越会陷入孤独。有时候，他也能模模糊糊地感觉到这种孤独，但他又坚信自己内心深处埋藏着一团异常的火焰。因此，尽管他迈步走在寂寞的生活之路上，他仍认为这是自己的天性。他从不觉得热情之血会枯竭。

虽然亲戚们都把他当作怪人，但这对他完全构不成什么不得了的痛苦。他的内心总有一个声音在为自己辩解："毕竟受的教育不同，有什么办法呢！"

"怕是自欺欺人吧！"妻子却这么认为。

可悲的是，健三无法摆脱妻子的讽刺。每当妻子这么说，健三都会不高兴。他有时会打心眼儿里抱怨连妻子都不理解自己，有时也会骂上几句，有时还会强硬地顶撞。在妻子听来，他的大喊大叫和虚张声势没什么两样。到头来，妻子不过是把"自欺欺人"换成了"大吹大擂"。

健三有一个姐姐和一个哥哥，都是同父异母的。他只有这两家亲属，健三和他们来往不多，关系也不怎么亲密。健三觉得，与自己的手足关系疏远，这种现象不正常，因此他心里很不是滋味。可是，对于健三来说，工作比亲属间的来往更重要，何况回到东京后，他也已经与他们见过三四次面了。这样一想，健三心里便踏实了不少。若不是那个不戴帽子的人突然出现，挡住了他的去路，他还会跟往常一样，每天有规律地在千驮木的街道上往返两次，暂时没有必要搬家。在这期间，即使周末可以放松一下，他也只不过是让筋疲力尽的身体舒展在榻榻米上，美滋滋地睡上半天罢了。可是，遇到那个男人后的第一个周末，他突然想起这件事，于是急匆匆地向姐姐家走去。

姐姐家在四谷津守坡旁边的胡同，距离大街约一百米。姐夫是健三的表哥，也是姐姐的表哥，但不知他们俩是同岁的还是相差一岁。健三总觉得他们俩都比自己大了一轮。姐夫原本在四谷区政府上班，所以一家人都住在原先的老房子里；姐夫现在辞职了，姐姐却不愿离开生活了多年的地方，虽然上班有些不方便。

四

姐姐患有哮喘病，一年到头总是"呼哧呼哧"地叫难受。但她天生就是急性子，除非实在忍受不了了，否则决不会闲着——不管做什么事，她都会在那狭小的屋子里转个没完没了。

看到姐姐那闲不住的庸俗样，健三觉得她实在太可怜了。姐姐又是个非常唠叨的人，而且唠叨起来全然不顾形象。健三坐在她对面，只能苦闷着不吱声。

"就因为她是我姐姐吧。"

每次和姐姐说完话，健三都会产生这样的感慨。

这天，姐姐和往常一样，系着束衣袖的带子，在壁柜里面翻来翻去。

看到健三，她叫健三坐在垫子上，自己去走廊上洗手。健三趁着这个空隙，环视了房间一圈。他看到横楣上还悬挂着小时候见过的旧匾，想起了十五六岁时，这里的主人曾告诉过他，落款处的筒井宪[1]，好像是旗本[2]出身的书法家什么的，字写得非常漂亮。当时健三管这个房子的主人叫"哥哥"，常跑到这儿来玩。从年龄上看，健

---

1 筒井宪：德川幕府末期的官员，其实是筒井政宪，落款时省去了"政"字。
2 旗本：旗本为德川幕府的官职，即将军的直属武士。

三和这个哥哥就像叔侄一样，可是，两人动不动就在客厅里摔跤，每次都要挨姐姐的骂。有时，两人爬到房顶上去摘无花果吃，然后把果皮扔到邻居家的院子里，人家总是找上门来。有时哥哥骗他，说要给他买个盒装的指南针，可是过了很长时间，也没有给他买，使他想起来就非常生气。更滑稽的是，和姐姐吵架之后，自己下定决心，即使姐姐过来道歉，也不会原谅她。可是，左等右等，姐姐就是没有来道歉。没办法，他只好厚着脸皮从这里离开去姐姐家，他窘得不知如何是好，只是一声不响地站在门口，直到姐姐说"进来吧"，他才走进屋里……

健三望着那块古旧的匾，就像面对着照亮自己儿时回忆的探照灯。姐姐和姐夫当时这般照顾自己，而如今自己却无法加倍回报他们，健三感到万分内疚。

"近来身体怎么样？没什么大碍吧？"他看着坐在自己面前的姐姐问道。

"嗯，托你的福，还算不错。不管怎么样，家里这点事还能做……只是，岁月不饶人哪，要像过去那样干活，还真是不行了。以前你过来玩的时候啊，我还是撩起衣襟塞在腰带上，洗洗涮涮的，连你的小屁股都给洗了。可如今，实在没有那样的精力了，好在你这么照顾我，每天总算还能喝上牛奶……"

健三每个月都会想着给姐姐一些钱，虽然不多。

"好像瘦了呢。"

"哪里，我本来就是这个样子，没事。以前我就没有胖过，大概是脾气急的缘故吧。总瞎操心，哪能长肉呢？"

说着，姐姐伸出瘦骨嶙峋的胳膊给健三看。她眼睛深陷，眼圈发黑，眼皮松弛，看起来无精打采的。健三默默地看姐姐那干瘪的手心。

"你做得真是不错呢。你出国的时候，我还以为这辈子都见不到你了。没想到，你瞧，这不是好好地回来了吗！如果爸妈都还活着，看到你现在的样子，该有多高兴啊！"

不知何时，姐姐的眼里噙满了泪水。健三小时候常听姐姐说："等姐姐有钱了，不管阿健喜欢什么，都给你买。"可是她也说过："这孩子要是一直这么固执下去，终归是不成器的。"健三想起姐姐往日说过的话和那种语气，不禁暗自苦笑起来。

五

回想起往事，健三觉得许久未见的姐姐越发苍老了。

"姐姐今年几岁了？"

"都成老太婆了，这不又长了一岁吗？你说呢？"

姐姐微笑着说，露出一排稀疏的黄牙。确实，连健三也没有想到姐姐实际上已经五十一岁了。

"这么说，姐姐和我相差不止一轮啰？我还一直以为最多相差十岁或者十一岁呢。"

"怎么是大一轮呢？我们相差十六岁哪。你姐夫属羊三碧[1]，我

---
1 三碧、四绿、七赤，都属于九星，分别位于东、东南、西。

属四绿，你应该是属七赤的吧？"

"属什么星我不清楚，总之我三十六岁。"

"你算算看，肯定属七赤。"

健三不知道如何计算星属，所以关于年龄的事到此结束。

"姐夫不在家吗？"健三问起了比田的事。

"昨晚又是他值班。要是只值他自己分内的班，一个月也就轮上三四次，可是还有别人求他替班的。顶过一次，以后肯定就是没完没了，他甚至想把别人的班全包下来。最近这段时间，他住家里和住公司，大约各占一半吧，或许还是住在公司的时候多一些。"

比田的桌子在拉门旁边，健三默默地看过去，桌子上整整齐齐地摆着砚台、信封、信纸。桌子的一端立着两三本笔记本，红色的书脊正对着健三，笔记本的下方还摆放着一个精致的小算盘。

传言说，这段时间比田和一个奇怪的女人勾搭上了。健三还听说，比田在公司附近给那个女人安排了一个地方。健三想，比田总说值夜班，值夜班就不用回家——或许原因就在此吧。

"姐夫最近怎么样？年纪大了，比过去稳重老成了吧？"

"什么呀，还不是那副德行！他呀，天生就是只会享乐的人，有什么办法？只要手头有钱，一年到头不是听评书，就是看戏，再就是看相扑，到处玩乐。不过说来奇怪，也不知道是年纪大了还是怎么的，他的脾气倒是比以前好了。你也知道，他以前脾气可真暴躁，对我不是踢就是打的，有时还抓着我的头发把我拽来拽去……"

"姐姐也不甘示弱呀。"

"哪有？我可是从来没和他动过手。"

健三想起过去姐姐那个倔脾气，忍不住笑起来。他们夫妻俩吵架时，其实姐姐根本不像自己说的那样一味挨打。尤其是姐姐那张嘴，比比田厉害十倍也不止。然而，就是眼前这个嘴巴不饶人的姐姐又是多么可怜！她被自己的丈夫骗了，却仍坚信丈夫没回家是因为值班。

"这么久不见，请我吃什么呀？"健三看着姐姐道。

"嗯，虽然如今生鱼片不稀罕了，不过还可以弄来吃吃吧！"

只要家里有客人来，姐姐总是要让人家吃点东西，也不管人家有没有时间，否则是不会让人家走的。健三只好安心坐下来，准备把一肚子的话，慢慢说给姐姐听。

六

或许是因为过度用脑，最近健三总觉得胃不舒服。他偶尔也出去运动运动，可是运动过后反而更加感到胸闷腹胀。除了三餐之外，他尽量不吃其他东西。然而就算他再小心翼翼，也没有办法拒绝姐姐硬塞过来的东西。

"紫菜卷对身体没什么害处，姐姐特意为你做的，一定要尝尝！喜欢吗？"

健三没有办法，只好把难吃的紫菜卷放进嘴里。他的牙齿被香烟熏坏了，只好勉强咀嚼着。

姐姐一直唠唠叨叨的，健三没能说出自己想说的事情。他有事要问问姐姐，可是姐姐一个劲儿地说着，健三只是一味地回答。健三心里渐渐发痒，但是姐姐好像根本没有觉察到。

姐姐喜欢请人吃东西，还喜欢送人东西，她说要把达摩大师旧挂轴送给健三，说健三以前很喜欢。

"那东西挂在家里也没有用，你就拿去吧！这么脏的挂轴，连比田都不想要了。"

健三既没说要，也没说不要，他只是苦笑。就在这时，姐姐像是要说什么悄悄话似的，突然放低了声音。

"其实，自从你回来后，我就一直想跟你说件事，却一直到今天也没有说。你刚回来，一定有很多事情要忙。你回来的第二天，我本想着去你那里吧，可是一想阿住也在，有些话不好开口；写信吧，你知道的，我不识字……"

姐姐的开场白又长又滑稽。她记忆力很差，小时候，无论怎么让她学习，她就是连最简单的字也记不住。她就这样活了五十多年，想到这些，健三既为姐姐感到可怜，又替她羞愧。

"姐姐到底想说什么？其实，今天我过来，也有些话想跟姐姐说。"

"是吗？怎么不早说呢？那你先说吧。"

"我哪能插得上嘴呀！"

"别那么客气啦，咱不是姐弟吗？"

姐姐完全没有意识到自己的唠叨根本容不得别人说话。

"还是姐姐先说吧。姐姐想说什么？"

"说真的，我感到很难为情，有点儿难以启齿……可是，我年纪大了，身体也越来越差……你姐夫又是那个样子，整天只顾自己，从来不管老婆过得怎么样……再说，他每个月的收入本来就少，加上交际应酬什么的……我也是没有办法了……"

女人说话总是爱拐弯抹角的，明明很简单的事，就是不能直截了当地说出来。健三明白姐姐的意思，她无非是想让健三每个月多给她一些钱。可是健三听说，就连那点钱，也经常被姐夫骗去。一想到这里，健三觉得姐姐提出这样的要求既可怜又可气。

"无论如何也要帮帮姐姐呀。姐姐现在的身体状况，恐怕也活不了多久了……"

这是姐姐说的最后一句话，健三即使不想听也不好说什么。

七

健三晚上回家还得安排明天的工作，可是姐姐一点儿时间观念都没有，坐在他对面唠叨个没完没了。健三感到浑身不自在，他估摸着自己该回去了。刚要起身的时候，他还是忍不住说出了那个不戴帽子的男人的事。

"姐姐，最近我遇见岛田了。"

"是吗？在哪儿呀？"姐姐好像很惊讶。她和那些没有受过教育的东京妇女一样，总是大惊小怪的。

"在太田空地 [1] 附近。"

"那不是就在你家附近吗？你们说什么了？"

"能说什么呀？我们本来就无话可说。"

"也是，你要是不说话，他也不好意思开口。"姐姐好像在刻意迎合健三。

"穿得怎么样？"姐姐问过之后又说，"还是那么寒碜吧？"

姐姐话里话外多少有些同情那个男人的意思。可是，一提起那个人的过去，姐姐说话的语气就越来越充满怨恨。

"没见过像他那样不通情理的！说什么今天可是到期了，非拿走不可。不管你怎么解释，他就是坐在那里一动不动。最后，我也生气了，就说：'对不起，要钱没有，如果想要东西的话，锅碗瓢盆，你随便拿吧！'他居然说：'那好，我把锅拿走了。'太可恶了！"

"他把锅拿走了？不沉吗？"

"他那种得寸进尺的人，什么事做不出来？他就想让我做不成饭！他就是这么个心术不正的人！肯定不会有好结果！"

在健三听来，这不仅仅是个笑语。在那个人与姐姐之间的关系里，也涉及自己过去的一些事情。对他来说，与其说可笑，不如说可悲。

"我已经遇见岛田两回了，说不定什么时候还会碰上的。"

"装作没看见好啦，碰上多少回都别理那种人！"

"可是，我不清楚，他是特意去那里找我家的呢，还是真的只是路过时偶然遇上的。"

---

1 太田空地：指本乡区驹达千驮木街的空地。

姐姐也无法为健三解疑，她只能说些无关痛痒的话让健三宽心。可是在健三听来，姐姐的奉承话显得很空洞。

"打那以后，他就没有再来过这里吧？"

"嗯，这两三年压根儿就没来过。"

"那以前呢？"

"以前嘛，虽说不是常来，但也没有少来。好笑的是，他要是来的话，肯定是在十一点左右来。他不吃点鳗鱼饭什么的是决不会回去的。一日三餐，能在别人家里吃上一顿也是好的，他就是这样打着他的小算盘。衣服嘛，穿得还不错……"

姐姐说话常常跑题，健三听了这些，只知道自己离开东京之后，姐姐和那个人因为钱的问题，或多说少还有些来往。除此之外，她什么也不知道，更别说岛田目前的情况了。

八

"岛田现在还住在原来的地方吗？"

姐姐连这么简单的问题也不能明确地回答，健三稍稍有些失望。不过，他并没有想过去查岛田的住址，因此其实也没什么可失望的，而且，他觉得没必要为了此事费尽心思。他想，即使费心去找了，也只不过是为了满足某种好奇心罢了，而现在的自己必须抛弃那种好奇心。这件事不值得他花时间。

他只要闭上眼睛，小时候见过的那个人的家以及周围的事物就会从心底浮现出来——

路边有条很宽的大水沟，沟里的死水因混着烂泥而显得污浊不堪，黑绿色的臭气扑鼻而来，令人恶心。他记得那个肮脏的地方是以某某先生的宅邸命名的。水沟那边并排坐落着许多大杂院，每个房子都在相同的位置开了一个昏暗的四方窗。这些房子贴着石墙而建，而且紧密相连，所以从这些房子里无法看到宅邸里面的样子。一些小平房稀稀拉拉地坐落在宅邸的对面。旧房和新房杂乱无章地混在一起，整条街道就像老人的牙齿一样，到处都是空缺。岛田就在那里买了一小块空地，修建了自己的住宅。

健三不知道那房子是什么时候盖完的，不过他第一次去那里的时候，新房刚盖好不久。虽然只有四间小房子，但是连小孩都能看出来，房子的木料是经过精挑细选的，房间的布局也花了不少工夫。客厅朝东，只有十二平方米；小院子里铺满了松树叶，立着花岗石灯柱，大得有些离谱，却很壮观。

岛田爱干净，经常撅着屁股，亲自用湿抹布擦走廊和柱子，然后光着脚到朝南的卧室前面的庭院里去除杂草。他有时也拿起锄头清理清理门外的泥水沟。泥水沟上搭着一座大约四尺长的木桥。

除了这座房子，岛田另外还修建了一栋简陋的出租房，两座房子之间还铺了一条三尺宽的路，以便穿到房后去。房后的原野和田地还没有整修过，脚踩在湿漉漉的草地上，会渗出水来。洼陷最深的地方，几乎形成了一个浅浅的池塘。岛田似乎也想在那些地方盖小出租房，但一直未能实现。他还说到了冬天，野鸭子落下来，一定要抓一只……

健三反复回忆着往事。要是现在去看看，那里肯定发生了惊人的变化吧？这么一想，他更加觉得二十年前的情景好像发生在眼前一般。

"说不定你姐夫正在寄贺年卡呢。"

健三离开时，姐姐这么说。她是想劝健三等比田回来，聊聊再走。可是，健三觉得没有那个必要。

那天，健三原本打算顺道去市谷药王寺前的哥哥家看望一下好久不见的哥哥，试着打探一下岛田的情况。可是天色已经晚了，而且他越来越强烈地感到，即使打听到了也没有什么用。于是他直接回到了驹达。当晚，他忙于安排第二天的工作，于是完全把岛田的事给忘了。

九

健三又做回了平时的自己。他把大部分精力都用在自己的事业上。时间在静静地流逝。在这寂静的氛围中，烦恼始终纠缠着他，使他苦不堪言。妻子在远处看着他，因为没有什么事，一副毫不在意的样子。健三觉得妻子很冷漠，而妻子也在内心里责怪着健三。

"既然你待在书房里的时间越来越多，那么除了有要事以外，夫妻间的沟通自然就会越来越少。"——这就是妻子责怪他的理由。

みちくさ

因此，她很自然地就把健三一个人撇在书房里，只是和孩子们在一起。孩子们不怎么去书房，偶尔进去的话，也会因为淘气而遭到健三的责骂。健三总是骂孩子，但面对和自己不亲近的孩子，他又觉得缺少了什么。

星期天，他一整天没有出门。为了换换心情，下午四点钟左右，他去了澡堂，回家后顿时觉得精神舒畅。他摊开手脚躺在榻榻米上，不知不觉就睡着了。他像丢了脑袋似的睡得死沉，直到晚饭时间被妻子叫醒。他正要起来吃饭，却感到有一股微微的寒气沿着脊背往下蹿，然后他竟然打了两个大喷嚏。妻子在旁边没有说话。健三也没有说什么，但他对不关心自己的妻子却产生了厌恶，于是自己拿起筷子。

"为什么有话不能直截了当地说呢？给丈夫拿筷子是妻子该做的，为什么不让我来做呢？"妻子闷闷不乐地想。

当天晚上，健三明显地感到自己感冒了，想早点睡觉，可又不想影响手头的工作，于是仍然坚持到十二点多。他上床的时候，家里人都睡着了。他很想喝杯热葛粉汤发发汗，但看到这种情况，只好作罢，钻进冰凉的被窝里。他觉得异常寒冷，毫无困意。但没过多久，终因疲乏而进入了深沉的梦乡。

第二天醒来时，家里特别安静。他躺在床上，以为感冒已经好了，但洗脸的时候，却感到瘫软无力，无法像平时那样用冷水洗。他勉强走到饭桌旁，但胃口不好，他往常能吃三碗，可是这天只吃了一碗，然后把梅干泡在热茶里，呼呼地吹着吞下去。但是他自己也不知道这么做有什么意义。妻子虽然在一旁伺候，却没有说什么。他觉得妻子是故作冷漠，心里难免有些生气。他故意咳了两声，然而妻子仍然没有理他。

健三急急忙忙地把白衬衫从头上套进去，换好西服，随即按时出了门。妻子像平时一样拿着帽子，把丈夫送到大门口。可是，他突然觉得妻子只是个重视表面形式的女人，因此更加厌恶她了。

出门后，他还是感到难受，像发烧一样，舌头发干，浑身无力。他摸了摸脉搏，跳动之快令他大吃一惊。脉搏跳动的"砰砰"声与怀表秒针的走动声以完全不同的节奏相互交错，但他还是咬牙挺着，在外边把该做的事都做完。

十

他按往常的时间回到了家里，换西服的时候，妻子也和往常一样，拿着他的便服站在身旁。他却有些不快，把脸朝向另一边。

"铺床吧，我要休息。"

"嗯。"

妻子按照他的吩咐铺好被子，他立刻钻进被窝去睡了。自己好像感冒的事，他完全没有对妻子说起，妻子也装出一副视而不见的样子，但彼此心里都有不满。

健三闭着眼睛正迷迷糊糊地睡着，妻子来到枕边叫他。

"你吃饭吗？"

"不想吃。"

妻子沉默了一会儿，没有马上起身去屋外。

"你怎么了？"

健三没有回答，半个脸被被子的一角盖住了。妻子没有说什么，只是轻轻地把手放在他的额头上。

晚上，医生来了，检查后说只是感冒，给他开了药。他从妻子手里拿过药喝了下去。第二天，他还是烧得厉害。妻子根据医嘱，把胶皮冰袋放在他的额头上。女仆去买插在褥子底下控制冰袋的镍制控制器了，在她回来之前，妻子一直用手按住冰袋。

两三天来，周围的气氛一直像中了邪似的，但是健三对此毫无印象。等恢复了精神，他若无其事似的看了看天花板，然后看见了坐在枕边的妻子，这才猛然想起妻子对自己的照料，但他一言不发地把脸背了过去。他的心情根本无法传递给妻子。

"你怎么了？"

"医生没说我感冒了吗！"

"这……我知道。"

对话中断了。妻子带着厌倦的神态走出了房间。健三拍着巴掌又把她叫回来。

"你是问我怎么了？"

"什么怎么了？……你病了，我为你又换冰袋又喂药，可你呢？不是叫我到一边去，就是嫌我碍事……"妻子话没说完就低下了头。

"我不记得自己说过这种话了。"

"那时正发高烧，可能记不得了。不过我想，如果平时不是那么想的，就算病得再厉害，也不至于说出那种话来。"

妻子这话究竟是什么意思？对此，健三不但不会扪心自问，而且总想发挥自己的才智，把妻子驳倒。如果撇开事实只谈理论，就算是现在，妻子也说不过他。发高烧、麻醉昏迷，或者做梦的时候说的话，不一定就是心里想的事。当然，这种说法很难使妻子信服。

"算了，反正你把我当女仆使唤，你爱怎么样就怎么样吧……"

妻子起身离去，健三目送着她的背影，心里有些生气，可他根本没有意识到自己正在以理论权威自居。在他被学问武装的头脑看来，妻子连这么明摆着的道理都不明白，真是不可理喻。

十一

当天晚上 ，妻子用砂锅盛粥，在健三枕边坐下。她一边往碗里盛粥一边问："要不要起来？"

健三的舌头上长满了舌苔，很难受，嘴都张不开，所以他并不想吃东西。但不知为何，他却从床上翻身起来，从妻子手里接过碗。厚重的舌苔严重妨碍了咀嚼，饭粒顺着喉咙滑进胃里。他只吃了一碗，就擦了擦嘴，随即又一成不变地躺了下去。

"没有什么味道啊。"

"一点儿味道也没有吗？"

说着，妻子从袋子里拿出一张名片来。

"你睡着的时候，有个人来找你。你病着，我就把他回了。"

健三依然躺着，伸手接过那张用名贵的纸张印制的名片。这个人，他没见过，也没听说过。

"什么时候来的？"

"大前天。本来想和你说的，可你的烧还没有退，所以也就没有告诉你。"

"好像我不认识他呀！"

"不过那个人说好像是因为岛田的事才想来拜访的。"妻子特意在"岛田"两个字上加重了语气，边说还边观察健三的表情。于是，健三脑海里立即闪现出前段时间在路上遇见那个不戴帽子的男人的情景来。他烧退刚醒，还来不及考虑那个人的事。

"你知道岛田的事吗？"

"那个叫阿常的女人寄来那封长信时，你不是和我说过吗？"

健三什么也没有回答，只是把刚放下的名片又拿起来看了看。他也不确定，关于岛田的事，当时对妻子说得有多详细。

"什么时候的事了……好久了吧？"健三想起让妻子看那封长信时的心情，不禁苦笑起来。

"是呀，大概有七年了吧，还是我们住在千本街的时候呢！"

千本街，就是当时他们住的某都市郊区的小镇名。

过了一会儿，妻子说："岛田的事，即使不问你，从你哥哥那里也能打听到。"

"哥哥说了什么？"

"说了什么……说的大多是那人不怎么好呗！"

关于那个人的事，妻子还想了解一下健三的想法。可是，健三却正好相反，他有意回避着这个问题，闭上眼睛不吱声。妻子端着摆有砂锅和碗的托盘，在起身之前，再次说道："名片上的那个人还会来的，他离开时说，等你病好了再来。"

健三无奈地闭上了眼睛

"来吧，反正他自称是岛田的代理人，肯定还会来的。"

"可是，你要见他吗，要是他再来的话？"

说实话，健三不想见那个人，妻子也不想让丈夫见那个奇怪的人。

"还是不见的好吧。"

"见一见也没关系，也不是什么可怕的事。"

妻子觉得丈夫有些固执己见，健三虽然讨厌见那个人，但又觉得别无他法。

十二

几天后，健三的病痊愈了。他又和以前一样，不是审阅稿子，就是写写东西，再就是双手交叉，一个劲儿地思考。这时，之前白跑了一趟的那个男人，突然又出现在他家门前。

健三拿起那张用名贵的纸张印制着"吉田虎吉"的名字的名片看了一会儿。

妻子小声问道："见吗？"

"见，把他带到客厅去。"

妻子想要回绝那个人，脸上露出犹豫的神情。但见丈夫这个样子，她也就没有再说什么，走出了书房。

吉田身体肥胖而魁伟，看上去四十岁上下。他穿着条纹和服外褂，腰间系着当时很流行的白绉绸宽腰带，上面悬挂着闪闪发亮的怀表链子。单从他的言辞就可以看出他是个地道的买卖人，但并不能因此就认为他是个正经的商人。本该说"的确如此"的时候，他故意用"说的是"；本该说"可不是"的时候，他却用一种极为信服的语气，回答说"确实确实"。

按照见面的习惯，健三认为有必要先问问吉田的身份。可是，吉田显然比自己能说会道——健三还没问，吉田就大致地介绍了一下他自己。——他原来住在高崎，常常进出那边的兵营，做着供应军需粮草的买卖。

"就因为这个原因，我渐渐得到了军官们的照拂，尤其是一个叫柴野的长官，他对我更是照顾得周到。"

健三听到"柴野"这名字，突然想起岛田的后妻的女儿嫁给了一个姓柴野的军人。

"也是因为这个，您才认识岛田的吧？"

两个人开始谈起柴野长官的事——他如今不在高崎，几年前就已经调到更远的西边去了，因为嗜酒，家境也不怎么富裕，等等。这所有的一切对健三来说，虽然是新闻，但并没有引起他的兴趣。健三对柴野夫妇没有厌恶感，他只是随便听听，知道个大概。

但是，随着话题的深入，吉田越来越频繁地提到岛田，使健三自然而然地感到厌烦。吉田一个劲儿地提起老人穷困潦倒的境况。

"他为人过于善良，以至于上当受骗，损失惨重。他本来就没有能力赚钱，却还要一个劲儿地往外拿钱，这是何苦呢！"

"他哪里是过于善良？恐怕是过于贪婪吧！"

即使老人如吉田所说的那样穷困潦倒，除此之外，健三也找不到别的解释。而且聊到穷困，健三觉得非常蹊跷——吉田充当岛田的重要代理人，却并未对岛田的穷困进行极力辩解，只是说"或许就是那样吧"，然后一笑了之。尽管如此，在随后的交谈中，吉田还是立即说出了"每个月多少给一点"的话。

正直的健三只好向这个只有一面之交的人坦白自己的经济状况。每月的收入是一百二三十圆，这笔钱是如何开销的，健三都做了详细的说明，他就是想让对方明白，自己除去每月的必要开销，几乎剩不下一分钱。吉田老老实实地听着健三解释，时不时用他的口头禅——"说的是"、"确实确实"等话回应健三。不过，他对自己的话信了几分，对哪一点抱有怀疑，健三不得而知。表面上看，对方始终非常谦虚，没有任何不妥当的言辞，更没有威逼利诱的样子。

十三

健三以为吉田想要说的事都已经说完了，心里暗盼他赶紧走。然而，吉田的态度明显与健三的期望背道而驰，虽然他不再提钱的事，但一直赖着不走，说着不痛不痒的闲话，而且说着说着，又把话题转到了岛田身上。

"也不知怎么回事，可能是因为年纪大了吧，老人最近总说一些特别令人不安的话。所以，能不能请求您跟过去一样，和他走动走动？"

健三没有立即回答，只是无奈地默望着放在两人之间的烟灰缸。老人撑着一把稍显沉重的粗布伞，用异样的眼神盯着他的样子，清晰地浮现在健三的脑海里。他无法忘记过去老人给予自己的帮助，同时也难以抑制主观上对老人的厌恶，他夹在这两者之间，左右为难，一时竟说不出话来。

"我特地为了此事而来，请务必屈驾应允。"吉田越说越恭敬。

健三想来想去，还是讨厌和那个人来往。但如果自己执意拒绝的话，又显得不近人情。最后他觉得，即使讨厌，也应该用合理的方式去对待。

"既然您这么说了，只能这样了。请转告他，我答应了。但是，即使保持来往，也无法像过去那样了，请他不要误解。还有，就我目前的状况来说，经常去看望，怕是难以做到……"

"这么说，您的意思是同意他登门拜访了？"

健三听到"登门拜访"这几个字，感到有些为难，又不知如何说明，再次闭上嘴。

"您瞧，我都说些什么呀，这就已经够了……过去和现在，到底不一样了嘛。"吉田说着，脸上露出了轻松的神态，一副达到目的的样子。他把之前用过的烟盒塞进腰间，匆匆忙忙回去了。

健三把吉田送到大门口，马上回到书房，想尽快把当天的事办完。可是心里的某个地方总有一丝不安，工作自然不如心里想的那样顺利。

妻子朝书房里看了看，连续叫了健三两声。可他仍伏在桌上，没有回头。妻子只好轻轻退出去了。妻子走后，虽然健三心神不宁，但还是坚持到了天黑。比平时晚了很久，他才出来吃饭。他开始和妻子交谈起来。

"白天来的那个吉田，到底是干什么的？"妻子问。

"他说早先在高崎替陆军置办过粮草。"健三答道。

显然，光是这么一问一答，根本不能把事情说清楚。妻子希望健三能把岛田和柴野的关系，以及吉田和岛田的关系说清楚。

"肯定提要钱的事了吧？"

"可不是嘛。"

"那……你是怎么说的？总之是要拒绝的吧？"

"嗯，拒绝了，还能怎么样？"

两人各自暗暗盘算着经济状况。对健三来说，每个月都要支出，而且是必要的支出，这些钱可都是自己辛勤劳动所得；而对妻子来说，用这点钱维持一切开销，的确不宽裕。

十四

健三想站起来，可妻子有事情要问他。

"那个人就那么回去了？有点儿奇怪吧？"

"可是，除了拒绝，我还能怎样？总不至于吵架吧！"

"也许他还会来，他不会那么老老实实回去的。"

"就算再来也无所谓。"

"就是怪讨厌的，真烦人！"

健三怀疑妻子在隔壁房间里一句不落地偷听了他和吉田的谈话。

"你全都听到了？"

妻子对丈夫问的这句话，既不肯定也不否定。

"行了，就这样吧。"健三说着站起来，又要去书房。他是个独断专行的人，从一开始他就认为没有必要向妻子做过多的解释。对此，妻子虽然承认这是丈夫的权利，可也只是表面上承认，心里却愤愤不平。丈夫的独断专行，让她感到很不舒服。"为什么就不能稍微给我说得明白一些呢？"这种疑问不断地在她内心深处翻腾。可是，她完全没有意识到，自己根本没有那种能让丈夫向自己解释的天分和本事。

"你好像答应了与岛田保持来往，对吗？"

"嗯。"健三显得有些窘迫，不知说什么才好。

妻子和往常一样，一直站着，也不再说话了。每次看到丈夫这副神态，她马上就感到厌烦，不想再往前走一步——这就是她的脾气。可是，她不高兴的样子，反过来又影响了健三，使他更加盛气凌人。

"此事与你和你的家人无关，也不是什么要紧事，所以我自己决定了。"

"对我来说，与我无关更好；即使有关，反正你也不会征求我的意见……"

健三满腹学问，在他听来，妻子的话简直就是无理取闹。这种"无理取闹"，只能证明她太笨。他心里嘀咕着"又开始了"，但妻子马上回到了之前的话题上，说起了使他不得不重视的事。

"事到如今，如果还与那人来往，怕对不起父亲吧？"

"你所说的'父亲'，是指我的父亲？"

"当然是你的父亲。"

"我父亲不是早就死了吗？"

"可他临死前不是交代过吗？既然已经和岛田绝交，以后就不要和他有任何往来。"

健三清楚地记得当时父亲同岛田吵架绝交时的情景。可是，对父亲，他没有充满父爱的美好回忆；至于绝交，他也不记得父亲说过如此严重的话。

"这事你是听谁说的？我没有说过吧？"

"不是你，是你哥哥说的。"

妻子这么说，健三觉得没什么可奇怪的，不管是父亲的遗愿还是哥哥的话，都没有给他造成太大的影响。

"父亲是父亲，哥哥是哥哥，我是我。不过，我觉得没有必要非断绝来往呀！"

健三虽然嘴上这么说，内心却意识到自己十分讨厌和那个人来往。但是，他隐藏在内心的想法是无法使妻子改变态度的。妻子认为丈夫还是和往常一样顽固不化，只是一味地反对大家的意见而已。

みちくさ

十五

健三小时候，那个人给他做了一套小西服，还经常牵着他的手出去溜达。那个时候，大人们还不是特别青睐外国服装，裁缝师对于小孩的西服样式也没有什么认识。健三的小西服，上衣腰身附近钉了两颗扣子，胸前敞开着；白斑点的呢绒布料，硬邦邦的，手感极粗糙；西裤上淡茶色的条纹，和驯马师的衣服似的。健三却很得意地穿在身上，让那个人牵着手去溜达。

在幼小的健三看来，当时的那顶帽子也弥足珍贵。那是一顶浅锅底状的黑呢毡帽，戴在头上看起来就像在光头上蒙着毛巾，但却给了小健三莫大的满足。那个人牵着他的手到游艺场去看魔术表演的时候，魔术师把他的帽子借走了。当魔术师的手指从帽腔里捅出来的时候，他又是惊奇又是担心。等魔术师把帽子还回来，他摸了一遍又一遍。

那个人还给健三买了好几条长尾金鱼。只要是健三想要的，就是武将画、彩色画，甚至两三张一套的联画，那个人也给他买。

健三有自己的铠甲和龙头盔，他每天都穿戴着它们，挥舞着用金纸做的指挥刀。健三还有适合小孩子佩带的腰刀。腰刀的刀柄上雕刻着"老鼠拖红辣椒"的情景。老鼠是银做的，辣椒是珊瑚做的，健三把那把腰刀当成宝贝一样，呵护有加。他总想把刀拔出来看一看，而且想了不止一次，但是一次也没有拔出来过。那是封建时代的装饰品，也是那个人送给小健三的。

那个人还经常带着健三去乘船，船上有身穿短蓑衣的船老大在撒网。鲻鱼游到岸边往上跳，就像白金闪着亮光映进他那小小的眼睛里。船老大有时会把船划离海岸两三里，连海鲫鱼都能捕到。如果高浪打来，小船摇晃不止，健三马上就会觉得眩晕，所以大多数时候，他都躺在船舱里睡大觉。健三觉得最有趣的是捕到河豚的时候，他用杉木筷子把河豚的肚子当小鼓，敲得"咚咚"响，河豚气鼓鼓的样子使他非常开心……

自从见到吉田，这些儿时的回忆，突然从健三的脑海里接二连三地涌出来。这些记忆，像碎片一样，鲜明地映在他心里，而且，任何一个碎片都与那个人分不开。越是顺着这些零零碎碎的情景往前追忆，越会发现无穷尽。而在这无穷尽之中，编织进了那个不戴帽子的男人的身影。当健三意识到这一点的时候，心里非常苦恼。

"明明清楚地记得这些情景，怎么就是记不起当时的心情呢？"

这是健三心里最大的疑问。那个人如此照顾自己，但他却已经彻底忘了儿时的自己对他的感情。

"可是，这些事不应该会忘呀……或许从一开始，我对这个人就毫无感恩之心吧。"

健三这么想着，同时也觉得这或许只是自我安慰。

他没有把回忆起往昔的事告诉妻子。女人比较敏感，即使告诉妻子，也难以使她的反感得到缓和。

みちくさ

十六

预期的日子还是来了。一天午后，吉田和岛田一同出现在健三家门口。

健三不知道对这位故人该说什么，怎样接待。现在的健三完全缺乏自然地招呼他们的能力。和这个将近二十年没有相见的人促膝而坐，健三也没感到有多大的怀念，只是近乎冷漠地一问一答。

以前大家都说岛田是个骄横的人，健三的哥哥和姐姐光是因为这一点就很讨厌岛田。实际上，健三心里也在怕他。在如今的健三看来，如果因为那个人遣词造句的语气而使自己的自尊心受到伤害，那也未免有点儿自视过高。

但是，岛田比预想中要客气得多。和通常的初次见面一样，他问候的时候，特别注意在句末使用敬体[1]。健三想起儿时那个人总是"阿健""阿健"地叫他，即使后来断绝了关系，但只要碰到，那个人还是会叫他"阿健"。昔日的情景又自然而然地浮现出来，这让健三感到非常烦躁。

"这样能行吗？"

健三尽量不让岛田和吉田看出自己的不悦。对方似乎也希望能顺

---

1 敬体：指岛田说话时用了"ですか"、"ません"等表示尊敬的说法。

顺当当地回去，没说一句让健三不高兴的话。正因为如此，本应成为主题的往事，双方谁都没有提起。所以，对话很轻易就中断了。

健三突然想起那个下雨的早晨的事。

"最近在路上碰到过您两次了，您经常从那里经过吗？"

"其实，高桥的长女的婆家就在那附近。"

健三不知道高桥是谁。

"哦。"

"说起来，你也许知道，那个地方叫芝。"

岛田的后妻有个亲戚就在那个地方。健三依稀还记得，小时候曾听说，住在那里的人不是神官[1]就是和尚。至于亲戚，健三记得只跟一个和自己年龄相仿的人见过两三次，那个人叫阿要。除了他，健三不记得还见过其他人。

"您说的芝，就是阿藤的妹妹所嫁的地方吧？"

"不，是姐姐，不是妹妹。"

"哦。"

"其他姐妹都嫁了好人家，很幸福，只有要三死了。那个长女，你或许还记得吧？嫁给那个谁[2]了。"

那个人的名字对健三来说并不陌生，但他已经去世多年了。

"他死后只留下女人和孩子，真是叫人头疼呢。不管遇到什么事，总是'大叔''大叔'地叫，可亲热了！她最近要修缮房子，需要找人监工，所以我几乎每天都要从这儿经过。"

---

1 神官：在日本神道中是神与人之间的媒介，也负责替信徒祓除与主持婚礼。
2 谁：此处隐去了人名。

健三不由自主地想起了岛田带着自己在池端书店买字帖的情景。岛田这个人，要是不给他便宜一两分钱，他是绝对不会买任何东西的。当时就是为了找零的五厘钱，岛田居然倔强地坐在店门口不肯走。健三抱着董其昌[1]的折帖站在一旁看着岛田，觉得很丢脸，心里不痛快。

"让这种人做监工，木匠和泥瓦匠不气疯才怪！"

健三这样想着，看着岛田，露出了一丝苦笑，但岛田根本没有觉察到。

十七

"好在他留下了书，虽然人去了，家里的日子倒也不是太难过，至少还能维持。"

听岛田的口气，好像那个人写的书是众所周知的，不过健三连书名都不知道，估计是字典或教科书吧，他也没有细问。

"书可真是好东西，一旦写出来，就可以一直卖下去。"

健三没有说话。岛田只好跟吉田谈起写书赚钱的事来。

"安葬好了……他去世后就剩下那个女人了。我和书店那边谈了谈，所以，她每年多少可以从书店拿点稿费。"

"哦，这真是太好了。难怪上学要花钱呢！开始觉得好像有点

---

1 董其昌（1555~1636 年）：中国明代官吏、书画家。

儿吃亏，可学成后才知道这是好买卖。这是没有学问的人根本没法比的啊！"

"结果还是赚钱的嘛！"

健三对他们的谈话没有任何兴趣，但他们却越说越来劲，东拉西扯个没完没了。健三感到无事可干，只能瞧瞧这个看看那个，偶尔望望院子。

院子没有修整过，显得很不美观。墙根的松树长着茂密而苍绿的叶子，嫩枝不知什么时候被人折去了，好像还没缓过气来。除了这棵树，再没有像样的树了。地面上因为没有清理过，尽是小石块，坑坑洼洼的。

"您也赚上一笔，怎么样？"吉田突然转过来对健三说。

健三不由得苦笑起来，只好附和着说道："嗯，是想赚点钱。"

"这不难啊，他可是出国留过学的！"

这是老人说的话，说得好像是他出了钱才让健三出国留学似的。健三出现了不悦的神色。然而，老人却不在意，即使知道健三有些厌烦，他也装作没看见。最后，吉田把那个烟盒揣进怀里，催促道："好了，今天我们就此告辞！"老人这才显出要走的样子。

健三送走他们，回到客厅，再次坐下，手臂交叉抱着，陷入了沉思。

"他到底来干吗的呢？不会是特意来讨人嫌的吧？难道这样他就高兴了？"

岛田带来的礼物，原封不动地摆在健三面前。他呆呆地望着那个粗糙的点心盒。

みちくさ

妻子一声不响地收拾了茶杯和烟灰缸，之后站到默默地坐着的丈夫跟前。

"你还要在这里坐下去吗？"

"不，起来也行。"健三说着，想要站起来。

"他们还会来吧？"

"也许吧。"

他说完这句又钻进了书房。外面传来一阵打扫客厅的声音，接着是孩子们争点心盒的声音。这一切不久就会平静了——健三正想着，傍晚的天空又下起雨来。他这才想起一直想买的雨靴，结果还是没有买成。

十八

雨天持续了好几天，之后万里无云，灿烂的阳光透过染色的天空洒落在大地上。妻子每天都沉浸在沉闷之中，只顾缝缝补补，今天，她走到房檐前，抬头望了望蔚蓝的天空，随即打开衣柜的抽屉。

她换好衣服，来看丈夫。健三正双手托腮，看着脏乱的院子。

"在想什么？"

健三稍微转头看了一眼妻子，她一副要外出的样子。就在那一瞬间，他那双成熟的眼睛，却发现妻子身上有一种令人惊喜的新的韵味。

"你要出去？"

"嗯。"

对他来说，妻子的回答过于简单。他又回到了之前的孤寂之中。

"孩子呢？"

"也带去。在家里的话，总是吵吵闹闹的，太烦人，不是吗？"

妻子和孩子走后，健三一个人安静地度过了那个星期天的下午。他吃完晚饭，回到书房，点上灯，又待了一两个小时，妻子才回来。

"我回来了！"

她既不说回来晚了，也没说别的，显得不想不搭理人。健三并不介意，只是回头看了看，什么也不说。于是，妻子心里又蒙上了一层阴影。她站了一会儿，随即向客厅走去。

说话的机会就这么失去了。他们不是那种一见面就能自然而然地聊天的和睦夫妻，而且，如果太亲密，彼此都觉得过于庸俗。两三天后，妻子才在吃饭的时候说起那天外出的事。

"回了一趟娘家，碰见了门司[1]的叔叔。我吃了一惊呢。我以为他还在台湾，也不知他什么时候回来了。"

说到门司的叔叔，亲戚们都知道对他要小心提防。健三还在外地的时候，有一次，门司的叔叔突然坐火车赶来，说是急需用钱，求健三一定要想办法借给他一点儿。于是，健三就把自己存在当地银行的为数不多的钱都给了他。后来，门司的叔叔寄来一张盖有个人印章的正式借条，连利息都提到了。当时健三还觉得叔叔太认真，没想到那些钱再也没有还回来过。

"他现在在干什么？"

---

1 门司：日本北九州市的一个区，在九州东北端，临关门海峡。

"我也不知道。听说他想创办什么公司，说什么请你一定要帮帮忙，还说最近要来拜访你呢。"

健三觉得没有必要再问下去了。上次借钱的时候，他也说要办什么公司，健三当真了。当时健三的岳父对此也深信不疑——那位叔叔用花言巧语说服了健三的岳父，还把他拉到门司，说那就是建造中的公司——他就是用这种手段从健三的岳父那里骗到了几千块钱。

关于那个人，健三并不想了解更多，妻子也懒得说。然而，和往常不同的是，谈话并未结束。

"好久没见哥哥了，天气好的话，我绕道去他家看看。"

"是吗？"

妻子的娘家在小石川台町，健三的哥哥家在市谷药王寺前，两者相距不远，所以妻子前去看望哥哥，也不需要绕多远的路。

十九

"我把岛田来过的事告诉哥哥了，他很惊讶，说事到如今，那人还好意思再来，叫你最好也不要再和那样的人交往了。"妻子多少有些劝阻的意思。

健三听了，问道："你是特意为了这件事才去哥哥家的吧？"

"你又挖苦我……你怎么总是把别人往坏处想呢？我是想着已经好久没去看哥哥了，心里有些过意不去，现在回来了，所以顺便看望一下！"

健三不怎么去哥哥家，妻子偶尔会去，在礼节上也算是替丈夫去探望了，所以不管怎么样，健三不好责怪她。

"哥哥正为你担心呢。他说，要是还和那种人来往，指不定又要惹出什么麻烦来。"

"麻烦？什么麻烦？"

"这个……到底还没发生，哥哥也说不好。不过，他觉得不会有什么好事。"

健三也没有想过会有好事。

"不过，情面上到底说不过去啊……"

"既然是给了钱以后才断绝关系的，有什么说不过去的？"

绝交的时候，以抚养费的名义，健三的亲生父亲给了岛田一笔钱。那时健三二十二岁，正值青春年华。

"再说，那笔抚养费给他以前，你都已经被领回自己家里十四五年了。"

健三不清楚自己由岛田抚养是从几岁到几岁。

"你哥哥说是从三岁到七岁。"

"好像是吧。"

回想起自己如梦一般逝去的岁月，健三脑海里浮现出只有戴上眼镜才能看清的细小的图画。但是无论怎么看，也没有看到日期。

"契约上白纸黑字，写得清清楚楚的，肯定不会有错。"

健三没有见过证明自己和那个人脱离父子关系的契约。

"怎么可能没见过？一定是你自己忘了。"

"可是，虽说我是八岁时回到自己家的，但在正式回归祖籍之前，多少还有些来往，所以，也不能说完全断绝关系了呀！"

妻子无言以对。不知为什么，健三感到有些凄凉。

"其实，我也觉得没意思。"

"行啦，还是不要来往的好。你现在还与那种人来往，也没什么意思。他究竟想要干什么呢？"

"这……我也不知道。我想，他也觉得没意思吧。"

"你哥哥说，不管怎么样，他肯定是想要弄点儿钱才来的，你可要小心啊！"

"钱的事，我从一开始就拒绝了，你有什么好担心的？"

"话是这么说，可是往后指不定他还会提出什么要求呢。"

从一开始，妻子的心中就涌动着这种预感。健三原则性很强，本以为自己做好防备，但听妻子一说，他又产生了些许不安。

二十

这种不安多少蔓延到了他的工作中，但工作之繁忙又使他将这不安的影子埋在了未知的某处。岛田再次出现在他家门口前之前，月底就到了。妻子拿着用铅笔写得密密麻麻的账本走到他面前。健三把自己在外挣的钱全部交给妻子，但妻子从未把开支明细给他看过，因此，这次让他感到非常意外。

"嗯……她都是怎么花的呢？"他经常这么想。

他需要钱的时候，就会毫无顾忌地向妻子要，而且每月光是买书就是一笔相当庞大的开销。即便如此，妻子也装出不在意的样子。他自己不善理财，有时却反而觉得妻子太马虎。

"把每个月的账记清楚了，好歹给我过过目吧！"

妻子满脸不高兴，因为她觉得，像自己这样忠实的管家，打着灯笼恐怕也难找。

"嗯。"

她应了一声，但到了月底，账本还是没有交到健三手里。健三心情好的时候，也就不说什么；若心情不好，他会固执地故意逼着妻子把账本拿出来。然而打开账本，他又觉得乱糟糟的，根本看不懂。即使妻子的说明使他对账本上的数字有所了解，可实际上，他还是不知道每月吃多少青菜，需要多少大米，是贵还是便宜。

这一次，他从妻子手里把账本接过来，也只是大致看了看。

"有什么不对劲吗？"

"总该说明一下吧……"

于是，妻子给健三详细地说明了眼下的生活情况。

"真是难以置信啊，居然能安稳地过到现在。"

"其实每个月都没有结余。"

健三也没有想过会有结余。上个月月底的时候，四五个老朋友说要去远足，给他也发了邀请信，他以交不起两元钱的会费为借口，把远足推了。

"不过，好歹还能过得去。"

みちくさ

"过得去也好，过不去也罢，反正只能用这点钱凑合着过，除此之外，也没有别的办法。"

于是，妻子一五一十地告诉健三，她把自己放在柜子抽屉里的和服和腰带抵押了。健三曾亲眼看到，姐姐和哥哥用布包着节日里才穿的衣服，悄悄地拿出去，又悄悄地拿回来。他们特别小心，生怕被人发现，好像犯了罪，见不得人似的，这在健三那幼小的心灵上留下了凄凉的印象。今天想起来，他感到越发丢人。

"抵押？是你自己去抵押的吗？"

从未去过当铺的他觉得，妻子曾过着比自己更加富裕的生活，她是不可能大大方方地出入那种地方的。

"不是，我是托人去的。"

"托谁？"

"山野家的老太太，她那里可以进行当铺的交易，很方便。"

健三没有再问下去。作为丈夫，他甚至没有给妻子做过一件像样的衣服。而妻子为了维持家计，却不得不把从娘家带来的东西拿去典当——这无疑是丈夫的耻辱。

二十一

健三下决心找点兼职干。没过多久，从内心迸发出来的动力就转化成了纸币，交到妻子手里。

他从西服的内兜里掏出刚刚挣来的钱，原封不动地放在榻榻米上。妻子一声不响地拿起来，一看信封的背面，立刻就明白了这些钱从何而来。

他就这样默默地补贴家用。每当这样候，妻子并不显得特别高兴——如果丈夫把钱交给她的时候，能再说上几句安慰的话，她一定会非常满足。健三却想，如果妻子在接钱的时候能开心一些的话，他也许还会说上几句好话安慰她。因此，费了好大的劲儿才挣来的这点儿钱，只能满足物质上的需要，如果想借此满足两人精神上的需求，恐怕是难以如愿以偿了。两三天后，妻子为了修补精神上的缺失，拿出一块和服布料给健三看。

"想给你做件衣服，这料子怎么样？"妻子的脸上闪烁着光芒。

然而在健三看来，妻子的做法显得有些拙劣。他怀疑妻子动机不纯，她是故意献殷勤来讨好他。妻子冷冰冰地离开了。妻子走后，他发觉自己总是不由自主地冷落妻子，这使他越想越难过。

当再次和妻子聊天的时候，健三说："我绝不是你所想的那种无情无义的人，我只是在控制内心的热情，不让它表现出来罢了。我这么做，也是没有办法。"

"当然，谁也不会做那种没良心的事，不是吗？"

"你不是经常做吗？"

妻子憎恶地看着健三，她不明白这句话的意思。

"最近你越发反常了，为什么不能心平气和地看待我呢？"

健三没有心思听妻子说什么。对于自己那种不自然的冷漠态度，他痛苦得几乎要发怒。

"你呀，别人都没有说什么，是你自寻烦恼，真拿你没办法。"

两人都觉得彼此难以互诉衷肠，所以也都认为没有必要改变彼此的态度。

凭健三的学问和修养，他刚刚找到的这份兼职做起来并不难，只是他不愿为此付出时间和精力。对他来说，眼下没有比毫无意义地浪费时间更可怕了。在有生之年，要有所作为，而且必须要有所作为——他就是这样认为的。

他做完兼职回到家里时，往往已经天黑。

一天，他迈着沉重的脚步匆匆回到家，粗暴地拉开格子门。妻子连忙从里屋出来，一见面就说："那人又来啦！"妻子一直把岛田称作"那人"，所以从她的样子和语气中，健三大致猜到自己不在家时，家里来了什么人。他什么也没有说，径直向客厅走去，妻子随后帮着他脱下西服，穿上和服。

二十二

他坐在火盆边上抽烟。不多时，妻子把晚饭端到了他面前。他随即问妻子："进来了吗？"

妻子感到突然，不知健三问的"进来了吗"是什么意思。她不知所措地看了看丈夫，见他等着回答，这才明白他的意思。

"是那人吗？……可是，你不在家呀！"

妻子没让岛田进客厅，她小心翼翼地回答，好像怕丈夫生气似的。

"没有进屋？"

"嗯，只在大门口待了一会儿。"

"他说什么了吗？"

"说是本该早就来拜访的，可因外出旅行了一些日子，一直没能来，非常抱歉。"

对健三而言，所谓的"非常抱歉"就像一种嘲讽。

"外出旅行？不像是家里有事的样子嘛！他说去哪儿了吗？"

"没有。只是说女儿让他过去，所以就去了一趟，大概是去那个阿缝家了吧。"

健三记得阿缝嫁给了一个叫柴野的人。他见过那个男人。前不久从吉田那里听说，柴野好像是在步兵师或步兵旅驻扎的中国地区[1]的某个城市。

"是军人吗，阿缝嫁的那个人？"

健三突然不说话了，过了一会儿，妻子又问道。

"你知道得还真详细呀！"

"忘了什么时候了，不过好像听你哥哥说起过。"

健三想起了柴野和阿缝。柴野虽然肩宽肤黑的，但单从五官上来看也算英俊。阿缝身材苗条，椭圆形的脸庞，白皙的肤色，最漂亮的要数她那浓浓的睫毛和细长清秀的眼睛。他们结婚的时候，柴野是少尉还是中尉来着？健三记得曾去他们的新家。当时柴野从部队回来，看起来特别健硕。长方形火盆的架板上放着杯子，柴野将

---

1 中国地区：日本的区域之一，在本州岛西部，位于九州与近畿之间。

里面没烫过的酒一饮而尽。阿缝刚洗完脸，在梳妆台前梳鬓发。健三一边回忆着过去的事情，一边不停地从盘子里抓起生鱼片饭团，一个劲儿地吃……

"阿缝长得很漂亮吧？"

"什么？"

"以前不是说要嫁给你的吗？"

确实有过这么回事。当时健三才十五六岁，有一次，他想独自去趟岛田家，就让同行的朋友在大路上等他。岛田家门前的泥沟上架着小桥，阿缝站在小桥上眺望，看见健三过来，她微笑着和他打招呼。他那个朋友刚开始学德语，看到这一幕，就用德语跟他开玩笑道："真是'不老门[1]前待君归'啊！"其实，阿缝比健三大一岁，何况那个时候，健三对女人，既分不出美丑，也无所谓好恶，只是以一种近似害羞的微妙心情去接近罢了。可是，因为一种自然的力量，使他像皮球一样从女人那里反弹回来。他和阿缝的婚事，暂且不说以后会有什么麻烦，当时他就没有当回事，最后也就不了了之了。

二十三

"你为什么没有娶那个阿缝呢？"

健三突然把落在饭桌上的眼睛抬起来，像被人从追忆的梦中惊醒

---

1 不老门：指平安京（今奈良）大内的丰乐院北门，有"永不衰老"之意。

一般。

"根本没有的事，那只是岛田一厢情愿，而且当时我还是个孩子呢。"

"阿缝不是那人的亲生女儿吧？"

"当然不是，阿缝是阿藤带来的孩子。"

阿藤就是岛田的后妻。

"要是你和阿缝结婚，不知道现在会是什么样子呢……"

"谁知道？又没有结婚。"

"要是成了的话，说不定会很幸福呢！"

"很难说。"

健三有点儿生气了，妻子也就不吱声了。

"为什么要提这个？真没意思！"

妻子感觉像被人责备了似的，没有勇气再向前迈进。

"反正我从一开始就不合你的意……"

健三放下筷子，挠了挠头，头皮屑不断地掉落下来。于是，两人都回了各自的房间，做着各自的事情。健三等孩子道了晚安，和往常一样开始看书；妻子把孩子哄睡着以后，开始做白天留下的针线活。

两人再次聊到阿缝，是一天之后的事情，因为一个偶然的机会。当时，妻子拿着一封信走进健三的房间，把信交给丈夫以后，她并没有像往常那样立即离去，而是在丈夫身边坐了下来。健三接过信，只是拿在手里，一点儿也没有要看的意思。妻子实在忍不住了，终于催促道："这信可是比田姐夫寄来的。"

健三这才终于把视线从书本上移开。

みちくさ

"你的意思是那人出了什么事？"

比田确实在信上说，因为岛田的事情，想和健三见一面，所以请健三过去一趟。而且，比田还写了见面的日期和时间，对于冒昧请他专程前去一事，也郑重地表达了歉意。

"怎么回事？"

"我也不知道，大概是要谈什么事吧……也不像，我又没有什么事要和他商量。"

"大家不是都劝你不要和那人来往吗？不过，信上还说让你哥哥一起去吧？"

诚如妻子所言，信上的确那么写着。看到哥哥的名字时，健三脑海里不经意间闪过阿缝的身影。岛田希望健三和阿缝在一起，以使两家的关系更紧密。可是，阿缝的生母好像希望自己的女儿嫁给健三的哥哥。

"即使不能嫁到你家去，我也还是可以经常去你家的。"

阿缝曾对健三这样说。回想起来，那已经是很久以前的事了。

"阿缝如今嫁的这户人家，不也是原来就定好的亲事吗？"

"即使定了亲，也是可以退的。"

"阿缝究竟想嫁给谁呢？"

"谁知道呢！"

"那你哥哥是怎么想的？"

"这……我也不知道。"

的确，在健三儿时的记忆里，完全没有既可以回答妻子的问题，又充满人情味的素材。

二十四

健三马上就写了回信，告知对方已经了解来信的意思。到了约定的日子，他如约去了津守坂。

他颇为守时。他过于正直，这种正直反而使他精神有些紧张。他中途看了两次表。实际上，现在的他，从起床到睡觉，始终被时间追赶着。

他边走边思考着自己的工作。那些工作并没有按照自己想象的那样顺利发展。他每向目标靠近一步，目标就往远处移动一步。他又想起了妻子。以前她的癔症很严重，如今虽然自然而然地减轻了一些，但在他的心中投下了不安的阴影。他还想到了妻子的娘家。他担心经济上的压力会威胁到他的家庭生活，这种担心和坐船时缓慢的摇晃一样使他不安。

他对哥哥、姐姐以及岛田的事，一起进行了全面的考虑。所有的一切都带着颓废的影子和凋落的色彩，但因为血缘和历史的关系，他置身其中，不得不考虑。

他到姐姐家时，心情很沉重，可表面上又不得不摆出很开心的样子。

"真是不好意思，让你特意来一趟。"

みちくさ

比田跟健三打招呼，态度和以前已经不一样了。在不断变化的世事之中，比田因成为健三唯一的姐姐的丈夫而以优胜者自夸。而在健三看来，比田那种满足感，与其说是令人欣慰的，不如说是招人厌烦的。

"本想去你那里的，可这事那事的，忙个没完没了。真的，昨天晚上也在值班。今晚本来也有人托我帮忙值班的，因为约了你，我就没答应，总算脱了身，刚到家。"

如果只是静静地听比田说，那么，他把一个奇怪的女人密藏在单位附近的事就只是谣言。可是，比田除了能写会算，一没学问，二没能力，不应该在如今的公司中得到如此器重啊——健三心里甚至产生了这样的疑问。

"姐姐呢？"

"一到夏天，她的气喘又犯了。"

健三朝卧室望了一眼。姐姐蓬头散发、面容憔悴，靠在针线箱上的圆枕头上，难受地叫着。

"还好吧？"

姐姐连头都抬不起来，只是把消瘦的脸转过来，看了健三一眼。她努力想和健三说话，但喉咙马上又被咳嗽堵住了。一阵接一阵，连在一旁看的人都替她难受。

"听着真叫人难受啊。"健三紧锁双眉，自言自语似的感叹道。

一个四十岁左右的陌生女人，正从身后给姐姐按摩后背。旁边的盘子里放着装糖稀的瓶子，瓶子上插着一根杉木筷子。

"这咳嗽是从前天开始的。"那女人向健三解释道。

姐姐在气喘病发作的三四天里，总是不吃不喝，也无法入睡，身体慢慢地消瘦，然后靠着她那顽强的生命力，慢慢地又恢复到原来的样子。这些年来，她一直都是这样过来的，健三不是不知道。只是，见姐姐咳得上气不接下气，他也难受得不得了。

"一说话就咳嗽，还是好好躺着吧，我去那边了。"健三趁姐姐稍微好一点儿的时候安慰了两句，又回客厅去了。

二十五

比田若无其事地看着书，说了句"都是老毛病了"，显然没把健三的安慰当回事。同样的事情每年都要反复几次，深受其害的老伴自然也枯瘦了不少，可比田对她似乎没有丝毫同情心。事实上，对这个一起生活了近三十年的妻子，他连一句甜言蜜语也不曾有过的。

见健三过来，比田放下手里的书，摘下金丝眼镜："趁你去卧室，看了会儿闲书。"

比田和读书——根本就是八竿子打不到一处去的人和事。

"什么书？"

"不过是本老书，你看不上眼的。"

比田笑着把放在桌上的书递给健三。使健三感到吃惊的是，居然是《常山纪谈》[1]。不过，现在自己的妻子咳得快要断气，他却满

1《常山纪谈》：日本儒学家汤浅常山（1708~1781 年）所著随笔性的史谈集。

不在乎地听着，无动于衷地看着书，这也充分暴露了他的品质。

"我这个人哪，思想老旧，爱看这种故事书。"

他把《常山纪谈》当成一般的故事书，显然，他一定也会把写此书的汤浅常山当成说书人。

"到底是学者啊，这个男的。他和曲亭马琴相比如何？我还有马琴的《八犬传》[1]呢！"

的确，在他的桐木书箱里完好地保存着一本用日本纸铅印的《八犬传》。

"你有《江户名胜图绘》吗？"

"没有。"

"这本书很有趣，我特别爱看。怎么样？借你看看？说起来，我就是因为这本书才知道了江户时代的日本桥和樱田。"

比田从壁龛上的另一个书箱里取出一两本用浅黄色的美浓纸做封面的旧书。他把健三当作连《江户名胜图绘》这个书名都没有听过的人一样。其实，在健三的记忆中，小时候他从库房里把画册拿出来，专心地一页一页翻找插图的情景，比什么都有趣，也令他怀念。直到现在，他还清楚地记得，这本画册上画着骏河町的越后店[2]的布帘，还有富士山。

"眼下即使想调节一下生活，也实在没有时间像往日那样悠然地看一些与研究没有直接关联的书了。"健三在心里这样想着。他感到很烦躁，觉得自己又可怜又可悲。

---

1 《八犬传》：《南总理见八犬传》，曲亭马琴（1767~1848年）的代表作之一。曲亭马琴即泷泽马琴，江户后期小说家。
2 越后店：指当时有名的越后绸缎店。

健三的哥哥一直到约定的时间都没有露面。比田为了打发这无聊的时间，一直在谈书的事。他似乎觉得，只要是谈论与书有关的事情，健三都不会感到厌烦的。可惜，就比田的知识水平，他也只能是把《常山纪谈》当作普通的故事书。他还把过去出版的《风俗画报》一册不落地拿了出来。

书的话题谈完了，他不得已换了个话题："阿长也该来了呀！都说好了，不应该忘了的。再说，我今天是抽空出来的，最晚十一点就得回公司去。要不去接他一下吧？"

这时好像又出现了新的状况。姐姐的咳嗽声像着了火似的，在客厅里都能听得到。

二十六

一会儿，门口处的格子门开了，传来脱木屐的声音。

"总算来了！"比田说。

那脚步声穿过门厅，直接进了卧室。

"又不行啦？吓我一跳，我怎么一点儿也不知道？什么时候开始的？"

简短的话语，像是感慨，又像是质问，清晰地传到坐在客厅里的两人的耳朵里。正如比田猜测的那样，说话的人果然是健三的哥哥。

"阿长，我们一直在等你呢。"

性急的比田在客厅里招呼着。他那对妻子的气喘毫不在意的腔调，充分显示了他这个人的特征。正如大家所说的那样，他是个自私自利的人，即使在这种时候，考虑的也只有自己。

"这就来。"长太郎似乎有些生气，一直没从卧室出来，"喝点儿药汤也好啊！不想喝？可是，总这样什么都不吃，身体会垮的！"

姐姐咳得喘不过气，没有回答他，那个替姐姐按摩的女人适时做了回答。哥哥来姐姐家要比健三勤些，与这位陌生女人也亲近些。因此，两人的对话没有一下子结束。

比田气鼓鼓的，两只手在黑黝黝的脸上一个劲儿地擦来擦去，像洗脸似的。最后，他小声地对健三说："阿健，你看，真伤脑筋啊。话还真多！我是没法子，只有你出面了。"比田显然是在指责健三不认识的那个女人。

"她是谁？"

"就是梳头的阿势啊。过去你来玩的时候，她不是常在我家吗？"

"是吗？"健三不记得在比田家见过这个人，"我不知道。"

"什么？怎么会不知道阿势呢？她那个人啊，就像你看到的那样，实在很热情。可是，她的毛病就是话多，这还真叫人头疼。"

健三不太了解情况，在他听来，这不过是比田为了自己的方便而夸大其词罢了，并不能使旁人感动。

姐姐又咳嗽起来。在咳嗽停下之前，连比田也没吱声。长太郎还是没有从卧室里出来。

"怎么回事？好像比刚才更严重了。"健三有些不放心，说着站起来。

比田拦住他："哎呀，不要紧，不要紧的！都是老毛病了。不了解情况的人看了才会吓一跳。我这么多年都已经习惯了。要是每次见她咳嗽心里就难过，我也不可能和她生活到今天。"

健三不知该怎么回答。他想起了妻子癔症发作时自己的痛苦，因而自然而然地在心里进行了比较。

姐姐的咳嗽稍微轻点儿的时候，长太郎才来到客厅里。

"实在对不住，本该早点儿来的，不巧来了一位稀客。"

"来啦，阿长？我们都等着呢！不是开玩笑啊，正想着要不要派人去请呢！"

比田说话的语气很随便。他认为在健三的哥哥面前，自己有资格摆架子。

二十七

三人很快进入了正题。

比田最先开口。他是个注重谈话细节的人，他似乎觉得，谈得越仔细，就越能让周围的人注重他。大家背地里笑话他时都说："他呀，只要你一个劲儿地叫'比田'就可以了。"

"阿长，怎么说好呢……"

"嗯？"

"怎么说这件事压根儿就估计错了。其实我觉得没有必要非告诉阿健的……"

"可不是吗？事到如今，他还把那件事翻出来，我们也没必要理他，不是吗？"

"所以我把他顶回去了。我跟他说：'现在还提这种事，就像亲手把孩子杀了，然后又跑去寺里求菩萨让孩子复活一样。死了这条心吧！'可是，不管我怎么说，那老东西就是坐在那儿一动不动，真拿他没办法！他如今之所以厚着脸皮到我家来，说实话，还不是与过去的事有关吗？这都是老早以前的事了呀，而且又不是白借的……"

"还是因为出租的事？"

"是啊，嘴上说是亲戚之间的来往，可讨起账来比谁都厉害。"

"他来的时候，要是这样能打发他就好了。"

比田和哥哥的谈话，总是无法回到问题的本质上来。尤其是比田，好像忘了健三也在似的。健三不得不插话道："到底怎么回事？是不是岛田也来这里了？"

"哟，瞧我，特意把你请来，我自己却喋喋不休，实在对不住。阿长，还是先把事情的始末告诉阿健吧？"

"好，你说吧。"

其实事情格外简单——有一天，岛田突然到比田家来，说自己已经上了年纪，无依无靠，很孤独，因此希望比田能转告健三，让健三恢复原籍姓岛田。对这突如其来的要求，比田大吃一惊，立即拒绝了。可是，说破了嘴皮子，岛田就是不肯走，所以比田只好答应传话给健三。

——这就是事情的全部。

"有点儿奇怪啊!"健三也认为这件事有蹊跷。

"可不是吗?"哥哥也表达了同样的看法。

"确实怪,怎么说也是六十多岁的人了,脑子难免犯糊涂。"

"太贪得无厌,头脑才发昏吧!"

比田和哥哥觉得好笑,所以都笑了,唯独健三没有加入他们之中。不管什么时候,健三都在压制"奇怪啊"这种感觉引起的情绪。如果让他判断,不应该发生这种事。他想起了吉田第一次来他家时说的话,接着又想到了吉田和岛田一起来家里时的情景,最后还想到了岛田从外地回来后一个人来家里时说的话——但是,无论怎么分析,都不该生出这样的结果。

"怎么想怎么觉得怪……"

健三自言自语地又重复地说了一遍,接着,他终于换了个口气说:"这也不是什么大问题吧?拒绝就行了!"

二十八

在健三看来,岛田的要求不符常理,简直不可思议。因此,这事处理起来也容易,只要简单地拒绝就可以了。

"如果连这件事也不告诉你,那就是我的不对了。"比田像在为自己辩解。他似乎觉得无论如何也要认真对待这次会面,否则心里过意不去。因此，他说话时见风使舵。"何况，他就是那样的人，稍不留神，谁知道他会干出什么事情来，所以我们必须小心！"

"他不是老糊涂了吗？没什么可担心的。"

哥哥半开玩笑地指出比田话里的矛盾，可比田却越发较真起来。

"正因为他老糊涂了才可怕呢！如果他和别人一样，我就当场拒绝他了。"

谈话中不时出现这种拐弯抹角的表达，总之又回到了最初的话题，也就是比田作为代表者回绝岛田的事情。虽然三个人各有看法，但从一开始都知道这是必然的结论。在健三看来，得出这个必然的结论以前的谈话，只不过是浪费时间。尽管如此，在礼节上，他还得向比田道谢。

"不用不用，说什么道谢，我可不敢当。"

比田反倒心满意足地说道。他那得意忘形的样子，任谁看了都不像是个忙得回不了家的人。他拿起摆在跟前的咸饼干，"咯吱咯吱"随意地啃起来，还往大杯子里加了好几回水，边吃边喝。

"还是和以前一样能吃。现在两份鳝鱼饭还能对付得了吧？"

"不行了，一到五十就不行啦！早些年，阿健是亲眼见过的，五碗天妇罗[1]荞麦面，我都能一口气干了。"

比田过去是个很能吃的人，而且以食量过人自豪，很喜欢别人夸他肚子大，一有机会，他就拍拍肚皮给人看。

健三回想起以前岛田带自己去看曲艺或者杂技，回家路上，两人经常钻进店铺里去，站着吃生鱼片和天妇罗荞麦面。在曲艺场听

---

1 天妇罗：日式料理中，把鱼虾、蔬菜等裹上面糊后油炸而成的食品。

鹿舞[1] 等的歌谣时，比田手把手教健三弹三弦琴，还让健三记"打马虎眼"等行话。

"到底还是站着吃好呀，到如今，我哪儿都吃遍了。阿健，你应该到轻井泽去吃一次荞麦面。我不骗你。我趁火车靠站的时候下车吃过一回，就站在月台上。不愧是地地道道的美味啊！"

他是那种借信仰的名义到处游玩的人。

"善光寺大院里挂着写有'始祖藤八拳[2]指南所'的牌子，很奇怪吧，阿长？"

"没进去猜上一拳吗？"

"那是要门票的，你啊……"

听着这样的对话，健三好像不知不觉中回到了过去。同时，他又不得不清醒地认识到，如今的自己，在某种意义上，站在某个远离了他们的地方。不过，比田一点儿也没有意识到这些。

"阿健好像去过京都吧？那里有一种鸟，叫着'绒鼠奇谈，拿着盘子喝汤'，你知道不？"他问起这些事来。

才安静了一会儿，姐姐又剧烈地咳嗽起来。比田这时终于不说话了，可又憋得难受，先是平摊着两只手，然后用手心直擦自己那黢黑的脸。

哥哥和健三稍微朝卧室看了看。两人等姐姐安静下来，在她枕边坐了坐，然后分别从比田家出来。

---

1 鹿舞：也叫狮子舞，是以筝和三弦琴伴奏的歌谣。
2 藤八拳：两人出手势，猜拳以定胜负，因藤八所创而得名。

二十九

健三越来越无法忘记站在自己背后的世界。这个世界对平时的他来说是遥远的"过去"，但它又带着在紧急关头必然变成"现在"的性质。

在健三脑海里，比田那化缘僧一般的光头时隐时现，姐姐像猫一样缩着下颌、喘不上气的样子也依稀可见，还有那张哥哥特有的毫无血色的长脸也时而闪现时而消失。

他曾经成长于这个世界，后来自然的力量使他独自脱离出来。他就那么离开了，很久都没有踏上东京的土地。如今，他再次回到这个世界，嗅到了消失已久的往日的气息。那气息，对他来说，是三分之一的怀念和三分之二的厌恶的混合体。

他望向这与这个世界毫无关系的另一个方向。于是，他面前常出现一些青年，他们拥有年轻的血液和闪亮的目光。他倾听着那些青年的欢笑声。快活的声音仿佛敲打出希望的钟，使健三那颗阴沉的心也跳跃起来。

一天，健三应其中一个青年的邀请，去池边散步，回来的时候，绕经从广小路新开辟的路。走到新建的艺妓管理所前，健三像突然想起什么似的望着那个青年。

他脑海里闪过一个与自己毫无关系的女人。那个女人曾经是艺妓，因犯了杀人罪，在牢里度过了二十多年不见天日的黑暗岁月，后来总算又在社会上露了面。

"她一定受尽了煎熬吧！"

健三心想，对于一个把容貌视为生命的女人而言，在牢里肯定经历了不堪忍受的孤寂，而对于眼前这个只想着春天会在自己面前永远延续的青年而言，健三的话毫无意义。这个青年不过二十三四岁，健三第一次惊觉自己与这个年轻人之间的差距。

"现在的我也与那个艺妓一样吧。"

他暗暗自语道。他年轻的时候希望长白头发，也许是这种脾性的缘故吧，近来他的白头发明显增多了。就在他自己认为"尚早尚早"的时候，不知不觉已经过去十年了。

"不过，这不只是别人的事，你说呢？其实，我的青春时代，也是在牢里度过的。"

青年显得惊讶的神情："你说的'牢里'是指？"

"学校呀，图书馆呀。想起来，这两个地方和牢房一样。"

青年没有回答。

"不过，如果我不长期坚持这种牢狱生活的话，今天就不可能存在于这个世界上。这也是没有办法的事。"

健三用半辩解半自嘲的语气说道。在过去的牢狱生活的基础上，他构建了今天的自己，因此，在现在的自己的基础上，也一定要构建起未来的自己——这是他的方针，而且在他看来，这个方针无疑是正确的。然而，如果按照这个方针走下去，似乎除了徒增衰老，不会带来别的。

"即使为做学问而死，人生也很无趣啊。"

"不会的。"

青年最终还是没有理解健三的意思。健三边走边想：在妻子眼中，如今的自己和结婚时的自己，有什么变化？妻子伴随着每个孩子的诞生而渐渐老去，头发脱落，有时都不好意思见人。然而，眼下第三个孩子又在她肚子里住着了。

三十

回到家，妻子在里面的六叠 [1] 房里枕着手睡着了。健三看着散放在她身旁的红碎布、尺子和针线盒，露出"又这样"的表情。

妻子很嗜睡，有时比健三起得还要晚，而且送走健三后睡回笼觉的日子也不少。如果不睡够的话，脑袋一整天都是昏昏沉沉的，做什么事情都糊里糊涂——这是妻子常用的辩词。健三有时觉得可能是这样，有时又觉得不可能，特别是当妻子发完牢骚还能睡着时，后一种想法就会更加强烈。

"是怄气才睡的。"

他不是仔细观察患有癔症的妻子对自己的牢骚有什么反应，而是认为，妻子给他摆出这么不自然的态度，单纯是为了刁难他，因此

---

1 叠：日式房间以榻榻米的张数计算大小，"六叠"就是六张榻榻米。

叽里咕噜的牢骚经常从他嘴里溜出来。

"为什么晚上不早点睡？"

妻子是夜猫子。每当健三这么说她时，她肯定要辩解："一到晚上眼睛就变得清晰，睡不着，醒了。"然后，她会一直做针线活，直到想睡为止。

健三讨厌妻子这种态度，同时又担心她犯癔症，但也会控制自己，因为他内心有种不安：是不是自己的理解有偏差？

他站着观察了一会儿妻子睡觉的样子。她枕在手臂上的侧脸有些苍白。他一直默默地站着，连"阿住"都没有叫一声。

他突然移动了一下目光，无意中发现妻子苍白的手腕边放着一捆书。那既不是成叠的普通书信，也不是一捆新印刷品。整个东西带着经年累月而成的茶色，用古色古香的捻绳小心翼翼地扎好。书的一端全被压在了妻子的脑袋下，她的黑发把健三的视线挡住了。

他没有特意把书抽出来看看，仍注视着妻子苍白的前额。她的脸颊像滑落了一般消瘦。"哎呀，都瘦成这样了！"一位久违的女亲戚看到她最近这副面容，吃惊地说。当时，健三不知为何，总觉得妻子瘦成这样，好像全是因为自己。

他钻进书房。大约三十分钟后，传来开门的声音，是两个孩子从外边回来了。健三跪坐着，清晰地听到孩子门和女仆说完话，随后跑向里屋。然后，他听到妻子责骂孩子"真烦人"。又过了一会儿，妻子拿着之前放在枕边的那捆书，出现在健三面前。

"之前你不在家，哥哥来过了。"

健三停下了手中的笔，看着妻子道："已经回去了？"

"嗯，他说出来散散步，还是回去了。我挽留他，他说'没时间，就不进屋了'。"

"这样啊。"

"他说，谷中的一个朋友举行葬礼，要是不赶紧的话会赶不上，所以就不进屋了。不过他说，回来后要是有时间，或许会绕过来看看，所以叫你在家等他。"

"他有什么事？"

"好像还是那人的事。"

原来哥哥是为了岛田的事而来。

三十一

妻子把手里的东西递到健三跟前："他说把这个交给你。"

健三显出惊讶的表情接过东西："是什么？"

"好像都是些和那人有关的资料。听哥哥说，那人想拿给你看看，或许能做个参考。他一直收藏在小柜子的抽屉里，今天才取出拿来。"

"还有这种资料？"

他托着从妻子手中接过的文书，心不在焉地看着那带着时代气息的纸张，然后无目的地翻来翻去。这捆文书差不多有两寸厚，可能是因为长期扔在不通风的潮湿的地方，一道被虫蛀出来的痕迹突然进入健三眼中，引起了健三的怀古之情。他用指尖粗略地摸了摸那条不规则的痕迹，却没有解开捻绳、一一查看里面的东西的打算。

"你打开看过了？里面是什么？"健三这句话完全表露了他的心思。

"哥哥说，父亲为了子孙，把资料都捆在一起放起来了。"

"这样啊……"健三对父亲的区别能力和理解能力并不是很敬仰，"既然是父亲办事，自然会把所有东西归置好。"

"这不都是因为关心你吗？听说，父亲是考虑到那家伙的为人，担心他指不定会在自己死后说出什么话来，到时，这些资料就能派上用场了。所以父亲才特意整理好交给哥哥的。"

"是吗？我不知道。"

健三的父亲死于中风。父亲健在时，健三就已经不在东京了。他连父亲最后一面都没有见到。这些资料，长久以来一直保存在哥哥手里，自己没有见过，这也没什么奇怪的。健三终于还是解开了资料上的捻绳，把叠在一起的资料一份一份拆开。这些资料，有的写着"手续书"，有的写着"契约本"，对折的账本上则写着"明治二十一年[1]正月契约金收取证"，先后展现在健三眼前。账本的最后一页，岛田签写着"以上为本日收取的上月款项，已付清"，还盖有黑色的印章。

"父亲每月都会被他拿走三四块钱。"

"是被那人吗？"妻子在对面倒着看账本。

1 明治二十一年：1888 年。

"也不知他总共拿去了多少。不过除此以外，应该还有临时给的钱。父亲这个人，一定会把收据留下的。放哪儿了呢？"

资料一张一张展现出来，但在健三看来，这些东西乱七八糟，很难理清。过了一会儿，他从中取出一本四折的厚厚的东西，并把它打开。

"连小学毕业证书都放在这里。"

那所小学的名称，一直随着时代的变化而变化。最早的名称是"第一大学区第五中学区第八小学"之类的，还盖有红印。

"那是什么？"

"我自己都不知道。"

"好像是很古老的东西呢！"

毕业证里夹着两三张奖状，上升的龙和下降的龙组成一个圆形的轮廓，正中间有的写着"甲科"，有的写着"乙科"，下方横画着笔、墨、纸。

"还得过书本的奖励啊！"

他想起了小时候抱着《劝善训蒙》[1]和《舆地志略》[2]等书兴高采烈地跑回家的情景，他也想起了在得奖的前一天晚上梦见青龙和白虎的事。与平日不同，这些遥远的往事，今天在健三看来却好像近在眼前。

1《劝善训蒙》：1872年由箕作麟祥根据美国的《道德与哲学》并参考其他书编辑而成。

2《舆地志略》：明治初期具有代表性的地理教科书之一。

三十二

在妻子看来，这些陈旧的证书依然很珍贵。丈夫刚放下，她又拿起来，一张一张打开，仔仔细细地看。

"真奇怪！初等小学第五级……第六级？有这样的年级吗？"

"有啊。"健三说完，又去翻看其他的资料。

父亲的字迹很难辨认，他算是吃足了苦头。

"看看这个，都没法往下读。越是看不明白的地方，偏偏红圈和横杠就画得越多。"

他把那份类似于父亲与岛田交涉时的记录底稿递给妻子。妻子到底是女人，看得非常仔细。

"父亲还帮助过那个叫岛田的人呢。"

"这个我也听说过。"

"这里都写着呢——'因当事者幼小，无法与其谋事，今由本人领养，教养五年。'"

妻子读的文章，听起来就像旧幕府时代的商人给町奉行[1]的诉状。在那种腔调的带动下，健三感觉自己那位质朴而古板的父亲就在面前。他还想起了父亲用幕府时代的敬语讲"将军放鹰捕鸟"的

---

1 奉行：日本武家的官职名称之一。

みちくさ

情景。不过，妻子只关心家务事，不关心文体之类的事。

"就因为这样，你才被送去给那人当养子呀？这个地方也写着呢！"

健三暗暗可怜自己的不幸，妻子却无动于衷，接着往下念："'健三三岁时遣为养子，平安吉祥，后因与其妻阿常不睦，遂分离，时仅八岁。本人自将子领回，迄今已养育十四年'……下面被红笔涂得乌七八糟的，没法读！"

妻子再三调整眼睛和资料的位置，想接着往下念。健三抱着胳膊默默地等着。不一会儿，妻子小声笑起来。

"笑什么呢？"

"因为……"

妻子什么也没说，把资料正对着丈夫，用食指指尖指着用红笔写在行间的小注："你看一下这里。"

健三皱着眉头，很艰难地念着那一行小注："'于管理所工作期间，与寡妇远山藤私通，东窗事发'——什么呀，无聊！"

"不过这应该是真的吧？"

"事实倒是事实。"

"是你八岁时的事情吧？从那以后，你应该是回到自己家里了。"

"不过户籍没有改过来。"

"因为那人？"

妻子重新拿起那份资料。没法读的地方就放着，就算只读能看清的部分，也一定能找出自己尚不知道的事实——这种兴趣诱发了妻子相当大的好奇心。资料的最后一页写着岛田不仅不给健三改户籍，还偷偷把健三改成户主，滥用他的印章四处借钱。里面还有一份当关系闹僵时，父亲向岛田支付养育费的证明，上头写着长长的一段话，"如上，健三回归本籍，交付现金xx元，剩下的xx元每月三十日分期支付"云云。

"全是些古里古怪的话！"

"亲属经办人是比田寅八，下面还有印章……这可能是比田姐夫写的。"

不知不觉中，健三把最近见到比田时他那副什么都知道的样子和这个证明上的话比照着看起来。

三十三

哥哥说葬礼结束后或许会绕过来一趟，但最终没有出现。

"可能是因为太晚了，直接回家了吧。"

对健三来说，这样也好。他的工作本该在前天白天和前天晚上进行调查研究，否则完不成。因此，被剥夺宝贵的时间是件非常令他懊恼的事。他本想把哥哥放在这里的资料用原来的捻绳重新捆起来，但手指一用力，捻绳竟然绷断了。

"有些老旧了，变脆弱了。"

"难道是……"

"是资料被虫子吃了。"

"这么说倒也有可能，毕竟扔在抽屉里，一直放到现在。不过哥哥已经保存得很不错了。头疼的话，就把这些东西全卖了吧！"妻子看着健三笑起来。

"谁都不会买的吧？都被虫子咬过了。"

"哎，也不能扔进废纸篓里不管吧？"

妻子从炕桌的抽屉里拿出用红白线捻成的细绳，把文书重新捆起来，递给丈夫。

"我这里没有地方放啊。"

他四周全是书，文卷匣也让书信和笔记本塞得满满的，只有放被子的壁柜还有一点儿空隙。

妻子无奈地笑了笑，站起来："你哥哥这两三天一定还会再来的。"

"为了那件事？"

"可能是。而且，他今天去参加葬礼的时候，说要借褂子，就从这里穿了一件走了，肯定会来还的。"

哥哥借褂子去参加葬礼，这使得健三不得不考虑起哥哥的境况。他想起了刚从学校毕业时穿着哥哥送的宽松的薄短褂和朋友们在池塘边照相的情景。其中一位朋友面朝健三说："看我们谁第一个坐上马车[1]！"当时健三没有说话，只是默默地看着自己身上的短褂。那件短褂是很早以前的罗纱料子做的。说它是"短褂"不过是为了好听，其实除了没有破洞，它已经短得不能再短了。他应邀参加好友的婚宴时也因没有能穿的衣服，只好借了哥哥的长袍大褂，才去星冈饭店参加。他的脑海里浮起了这些妻子所不知道的回忆。然而对

---

1 马车：此处指官员乘用的马车，即当官的意思。

于现在的他而言，这些带给他的与其说是得意，不如说是悲哀。今昔之感——他自然而然地想到了这个最能表达自己心境的词。

"一件褂子总该有吧？"

"好久没人穿这种褂子了，大概卖掉了吧！"

"难以理解。"

"反正家里有，需要的时候借去穿一穿，也不是每天都穿。"

"好在家里有。"

突然，妻子想起了自己瞒着丈夫抵押衣服的事情。

健三有一种悲观意识，他总觉得有一天自己也会陷入与哥哥相同的困境。过去的他是在贫困中站起来的，而现在，他即使缩衣节食，生活也不宽裕。而且，周围的人都把他当作活力的主轴一样。他感到很辛苦。如果认为像自己这样的人也算是亲戚当中混得最好的，那就更难为情了。

三十四

健三的哥哥是个小公务员，在东京市中心的某个大的局里任职。他长期在那座宏伟的建筑物里看着自己可怜巴巴的样子，觉得很不协调。

"我已经老了啊！大批年轻有为的人正一个个涌出来呢。"

在那栋建筑里，几百个人不分昼夜地拼命工作着。筋疲力尽的他就像一个无形的影子。

"啊，够了！"

不想工作的他，脑子里经常闪过这样的念头。他有病在身，看上去比实际年龄要苍老，也更干瘦。他摆着那张毫无光泽的脸，像行尸走肉一样坚持着。

"晚上睡不好，伤了身子。"

他经常感冒咳嗽，有时还发烧，而且那发烧就像肺病的前兆一样威胁着他的生命。实际上，他的工作对强壮的青年人来说，也是非常辛苦的。他隔天就得在局里留宿，而且不得不通宵工作，第二天早晨迷迷糊糊地回家来，一整天什么也干不了，只好睡觉。然而，为了自己和家庭，他又不得不这样工作。

"这次好像有点儿危险，看看能不能拜托一下谁呢……"

每当有传言说局里要改革或者整顿，哥哥都会和健三说这样的话。健三不在东京的时候，哥哥曾几次写信来拜托这件事，还特地指名道姓，叫健三去说情。但健三也只是知道这些高官的名字，却没有一个亲近得足以保住哥哥的位子。健三双手托腮，陷入了思考。

哥哥不断反复着这种不安，从很久以前到现在，他一直担任这个职务，既没有变更，也没有升职。哥哥比健三大七岁，他前半辈子就像一台一成不变的机器，除了不断磨损之外，看不出任何变化。

"一件事干了二十四五年，究竟干出什么名堂来了呢？"健三有时想用这句话批评哥哥，但眼前好像浮现出哥哥往日浮华而不爱学习的情景。他或弹三弦，或学单弦，或煮糯米团子，或把洋粉煮好了放在食盆里冷却。当时的他就这样把所有的时间都花在了吃喝玩乐上。

"自作自受，说的就是我这样的人啊！"

如今的哥哥经常这样感慨。

他就是一个游手好闲的人。兄弟们死了以后，他自然成了健三生父的继承人。父亲刚去世，他就立即卖掉了老宅。他用那些钱还了以前的债，自己则搬进了一所小房子里，然后又把摆不下的家具卖了。不久，他成了三个孩子的父亲。而他最疼爱的长女，在即将成年时却得了恶性肺结核。为了救女儿，他想尽了一切办法。可是在残酷的命运面前，他所做的一切都是徒劳的。折腾了两年，女儿还是死了。那时，他家里已经一贫如洗了，不用说参加仪式穿的褂子，就连一件像样的带家徽的外套也没有。他只把健三在国外穿旧了的西服拿来，每天小心翼翼地穿上去局里上班。

三十五

过了两三天，果然如妻子预想的那样，健三的哥哥还褂子来了。

"还晚了，真是抱歉，谢谢了。"

哥哥在裙板上打开包袱，里面的褂子两头反折，叠成小件。他拿出来放在弟媳妇面前。与过去那个因虚荣而不愿意提小包的他相比，如今的他气色完全不同，没有一点儿神采。他用干瘪的手抓住

みちくさ

脏包袱的一角，平平整整地叠好。

"这褂子真不错。最近做的？"

"不是，现在已经没有那个精神头了。很早以前就有了。"

妻子想起了结婚时丈夫穿着这件褂子端坐的样子。婚礼是在远地举行的，很简单，哥哥没有参加。

"哦，是吗？说起来总觉得好像在哪里见过。还是过去的东西结实呀，一点儿也没有损坏。"

"不常穿的衣服。而且，他还是一个人的时候，就想起要买这么一件衣服，我到现在还觉得不可思议呢！"

"或许他想在婚礼上穿才特意做的吧。"

两人边笑边聊起了那场奇怪的婚礼。当时，健三的岳父特意从东京陪女儿过来。女儿穿着长袖和服，而老父却没有礼服，只穿着普通的斜纹单外衣，盘腿坐着。除了身边的老太婆，健三找不到别人可以商量，这使他很苦恼。健三对结婚仪式一窍不通，又因本来和媒人说好是回东京举行婚礼的，所以当时媒人也不在。健三只好参照媒人用楷书写在优质纸张上的注意事项，那自然是很严格的，但除了引用自《东鉴》[1]的事例，其他的完全不具实用性。

"酒壶上也不贴对纸蝴蝶，那喝交杯酒的杯子都已经有缺口了！"

"是三三九度[2]吧？"

"是啊。所以夫妻关系才会这么不称心吧。"

哥哥苦笑道："健三不太好相处，让你受委屈了。"

1《东鉴》：亦作《吾妻镜》，为镰仓幕府编的一部五十二卷的史书。

2 三三九度：神前结婚的固定仪式之一，将神酒倒入一个杯子中夫妻同饮，意为"一生共苦"。

妻子只是笑了笑，似乎不打算继续与哥哥聊下去。

"他该回来了。"

"今天必须等他回来说说那件事……"

哥哥还没说完，弟媳妇突然站起来，走进生活间去看时间，出来时手里拿着前不久哥哥送来的那些资料。

"这东西还有用吧？"

"没有。出了做参考，也没其他的用处。健三看过了吗？"

"嗯，看过了。"

"他怎么说？"

弟媳妇没有回答。

"里边什么样的资料都有呢。"

"父亲说以后万一出什么事就不好办了，所以都仔细保留下来了。"

妻子没有说她把其中至关紧要的部分念给健三听的事，哥哥也没有再提资料的事。两人一直闲聊着，大约过了三十分钟，健三回来了。

三十六

健三跟平时一样，换了衣服，走到客厅。哥哥的腿上放着用红白细绳捆好的资料。

"前两天来过一次。"

哥哥用干枯的手指把之前解开的绳结，按原样系好。

"刚才稍微看了一下，发现里面放了一些对你来说没有用的东西。"

"是吗？"

健三这才知道，哥哥只是妥善保管这些资料，却不曾看过。同时，哥哥也发现健三并不热衷于查阅这些资料。

"连阿由的户籍申请书也在里面。"

"阿由"就是嫂子。兄弟俩更没有想到的是，哥哥和阿由结婚时向区长递交的结婚申请书竟然也在里面。

哥哥和第一任妻子离婚了，而第二任妻子又去世了。他的第二任妻子生病时，哥哥一点儿也不担心，还经常往外跑。他见病症只是剧烈呕吐，认为不要紧，一直很放心，即使后来病情恶化，他也改不了那个德行。大家都觉得哥哥根本不爱那个妻子。健三也这么觉得。哥哥迎娶第三任妻子时，请求父亲答应他和自己心仪的女人结婚，但没有和弟弟商量。因此，自尊心强的健三对哥哥的不满，甚至影响到了没有过错的嫂子。健三无法叫一个没文化、没地位的人"嫂子"，这使性格懦弱的哥哥非常苦恼。

"怎么这么不开通呢！"

这些暗地里批评健三的话，非但没能使他反省，反而使他更加顽固。一味重视陈规旧俗，其结果很可能是陷入跟做学问一样的困境，然而他自己并不知道。他还有一个毛病，那就是明明自己没多大见识，却还要装出见多识广的样子。他带着羞愧的目光，回想着当时的自己。

"户籍申请书怎么也放在这里了？你带回去吧。"

"不了，这是复印件，再说现在也用不着了。"哥哥没有解红白线绳。

健三突然特别想知道申请书的日期："是什么时候的事……把申请书交到区派出所去？"

"很早以前的事了！"

哥哥只说了这么一句，嘴角闪过微笑的影子。前两次婚姻都失败后，哥哥终于和自己心爱的女人成亲了，他还不至于老到忘记这件事。当然，也不可能和年轻人一样什么都记得。

"当时她多大？"妻子问。

"阿由吗？阿由和你只差一岁。"

"还年轻嘛。"

哥哥没有答话，急着解开一直放在腿上的资料。

"里面还有这么件东西呢！也是跟你无关的。刚才看到，大吃了一惊呢。你瞧！"哥哥从乱七八糟的旧纸堆里抽出一张证明，那是他的长女喜代子的出生证复印件，上面写着"生于本月二十三日上午十一时五十分"，"本月二十三日"几个字上有一道线，表示勾销，正好与被虫子蛀蚀的不规则痕迹错开了。

"这可是父亲的字迹，知道吗？"他郑重地把那张旧证明翻过来让健三看。

"看，被虫子咬了。本来应该是这样的。这不仅是出生证明，也是死亡证明。"哥哥默念着那个死于肺结核的孩子的出生年月。

みちくさ

三十七

哥哥已经是过去的人了，他的前面没有锦绣前程。无论谈什么，他都要先回想一下。健三坐在他对面，感觉自己好像被人从本该走的生活方向上拖回了过去似的。

"真是凄凉！"

如果健三做了哥哥的同伴，他就不能对未来有太高的期望，那么他目前一定会觉得自己也很凄凉。他很清楚，按照现在的局势发展下去，将来肯定会很凄惨。

哥哥告诉健三，他已经按之前的约定拒绝岛田的要求了。至于更详细的情况，例如他是用什么样的手段拒绝的，对方又是怎么回复的，哥哥的回答总是模棱两可。

"反正比田是这么说的，这个总没错吧？"

健三不知道比田是直接找岛田说的，还是写信告知的。

"我想比田可能是亲自去的。要不然，跟那种人，光靠写信能解决吗？他好像说过，可惜我记不得了。其实后来我又顺道去了一次，是去看姐姐的。当时比田不在家。姐姐说他很忙，似乎还没办。他那么没有责任心，没有办也是可能的。"

诚如健三了解的那样，比田的确是个不负责任的人。然而只要有求于他，无论什么事情，他总会答应。他只是喜欢看别人低头求他的样子。当然，如果请求者不顺他的意，那也是不容易请动他的。

"不过，这回的事，是岛田去找的比田。"

哥哥暗暗埋怨比田，说他如果没有把这件事谈好，情理上实在说不过去。但即便在这种情况下，哥哥也绝不会去和对方交涉。遇到需要费心劳神的事情，哥哥都会背过脸去。但只要事情在允许的范围内，他又会强忍着，这无异于自寻烦恼。对他这种矛盾的心理，健三既不觉得可气，也不觉得可笑，而是觉得可怜。

"既然是兄弟，那么在外人看来，或许还有相似之处吧。"想到这里，健三觉得同情哥哥其实也是同情自己。"姐姐好了吗？"他换了个话题，问起姐姐的病情来。

"哎，这哮喘病也真奇怪，犯病的时候叫人难受成那样，可说好也就好了。"

"已经能开口说话了吗？"

"岂止！简直和以前一模一样，说个不停。姐姐还说，她觉得岛田去找阿缝，或许是去商量什么主意的。"

"是吗？不过像他那种人，很可能说些没常识的话。这样解释也算合理吧？"

"说得也是……"

哥哥一直在思考，健三却觉得有些无聊。

"否则他肯定会说，自己上了年纪，大家都嫌他碍事之类的。"

健三还是没有出声。

"不管怎么说，他肯定是觉得寂寞了。不过他那种人，应该不

みちくさ

是感情上的寂寞，而是欲望上的寂寞。"

阿缝按月给她母亲寄生活费的事到底是让哥哥知道了。

"无论如何，阿藤还能领到金至勋章[1]的养老金，岛田却得不到，所以才郁闷得不得了吧？说来说去，还是他太贪得无厌了。"对欲壑难填而感到寂寞的人，健三怎么也同情不起来。

三十八

风平浪静的日子持续了几天，但对健三来说，这不过是沉默的日子。在此期间，他常常不得不回忆过往。他一直很同情哥哥，但在不经意间，自己也变得和哥哥一样，成了过去的人。他试图将自己的人生分成两段，可本该抛弃得一干二净的过去，却反而紧紧地跟着自己。他的眼睛望着前方，但脚却正要往后迈。

于是，他看到在路的尽头有一座四方的大宅子[2]，里面有一个连接到二层的宽梯子。楼房上下两层一个式样，被长廊包围的内院也是四方的。奇怪的是，这么大的宅子竟没有人居住。他幼小的心还不懂那就是寂寞，也缺乏对家的认识和理解。

他把那些连在一起的房间和那条延伸到远方的长廊，看作装有天

---

1 金至勋章：授予卓有成功的军人的勋章，附有一定的终身养老金，现已废除。
2 大宅子：此处是指漱石的伯母在新宿中街经营的一家妓院，明治维新后关闭。漱石小时曾由养父领着在这里住过。

花板的街道。他独自在那条无人来往的路上行走，甚至到处乱跑。有时，他爬到二楼，透过狭小的窗格子往下看。几匹挂着铃铛、装着肚兜的马从他眼前走过。正对着的街道上立着一尊青铜大佛，那大佛头戴斗笠、肩扛禅杖、盘坐在莲台上。有时，他也会到昏暗的堂屋里去，再沿着石阶往下走，横穿街道。他经常爬到大佛身上，脚踩大佛的衣褶，用手去抓禅杖的柄，或从背后攀大佛的肩膀，或用自己的头去顶那斗笠。直到再没有什么可玩的了，他才从大佛身上下来。

　　健三还记得，在四方住宅和青铜大佛的附近，有一座红门住宅。从狭窄的街道拐进小胡同，大约走四十米，正对着的就是那红门住宅，房后是一片竹林。沿着这条狭窄的街道一直走，左拐，有一个长长的坡道。在健三的记忆里，那条坡道的台阶是用大小不均的石头铺成的，也许是年代太久、石头移动的缘故，台阶坑坑洼洼的。石头缝里长出了青草，在风中摇曳，但人们还是经常从那里走过。好几次，健三穿着草鞋，沿着高高的台阶爬上爬下。

　　走完这个坡道，又是一个坡道。从那里可以看到成排的杉树立在低缓的山坡上，一片苍翠。两个坡道之间有一个洼地，左边有一所茅屋。屋子从外往里陷进去，而且有点向右倾斜，朝着道路的部分简陋得像个茶棚，经常放有两三把折叠椅。透过苇帘的缝隙望进去，里面有一个用石头围成的池子，上头搭着藤萝架。立在池子里的两根柱子伸出水面来，支撑着架子的两端。周围有许多杜鹃花。红鲤鱼在池子里游来游去，影子如同幻影一般，使混浊的池底现出红色来。

みちくさ

健三很想去那个池子里钓鱼。一天，他趁那户人家没有人，弄了根粗糙的大竹竿，系上绳子，钩上鱼饵，扔进池子里。很快，一种能拽动绳子的可怕东西袭来，一股力量传到他手上，不把他拖进池里决不罢休似的。他惊恐地扔掉竹竿。第二天，一条一尺多长的红鲤鱼静静地漂在水面上。当时，他一个人很害怕……

"那个时候，我是和谁住在一起呢？"

他什么也记不起来了，大脑一片空白。不过，如果照着分析去追索的话，应该是和岛田夫妻生活在一起。

三十九

突然，舞台急剧一变。

寂静的村庄从他的记忆中消失了。紧接着，一座装着格子窗的小住宅模模糊糊地出现在他眼前。宅子没有院门，在小胡同一样的街道上。狭长的街道左拐右弯的。

他依稀记得自己的房子一直都很昏暗。他无法把阳光和自己的房子联想在一起。他在那里出过天花。他长大后问起此事，知情者说是接种牛痘引起的。他在昏暗的格子窗小屋里滚来滚去，连哭带叫地在身上乱抓。

倏然间，他又在一座宽敞的建筑物里看到了小时候的自己。那屋子表面上看是分开的，但实际是连在一起的。里面只有稀稀拉拉的几个人。在空房间里，榻榻米和薄褥子全发黄了，寂静得像一座寺院。他曾爬到高处去吃便当。他把用葫芦瓢盛着的油炸豆腐包的寿司扔下去。他抓着栏杆往下看了好几次，都不见有人去拾那东西。带他来的大人，都被对面吸引过去了。对面的大房子，柱子剧烈地晃了晃就倒塌了，然后从被拆毁的房子里走出来一个短胡子的军人，威风凛凛的——健三当时还没有"戏剧"这个概念。

不知为何，他总把这场戏和逃跑的老鹰联系在一起。当老鹰突然朝对面青翠的竹丛飞去时，坐在他身边的某个人叫喊道："飞了！飞了！"接着不知道又是谁举起手召唤老鹰回来——健三的记忆到此突然中断了。是先看的戏，还是先看到的老鹰？他记不清了。而且，自己是先住在满是田园和草丛的乡下的，还是先住在狭窄的街道对面的昏暗屋子里的，他也模糊了。换言之，在他当时的记忆里，没有留下任何活动的人影。不过其后不久，岛田夫妇是自己的父母一事，便实实在在地进入了他的意识。

当时夫妻俩住在一座奇怪的房子里。出门口向右拐，先要走上三级台阶，才能沿着别人家的墙根走出去。然后是一条三尺宽的小巷，穿过小巷就是宽阔热闹的大街。如果从左拐过长廊，再下两三级台阶，便是一个长方形的大房间。与大房间相接的土地房间也是长方形的。从土地房间出去，前面有一条大河。河上有几艘挂白帆的船。河岸边有栏杆，里面堆满了柴火。栏杆与栏杆之间的空地上有一条缓坡道，一直伸到水边。常常有方壳的螃蟹从石墙缝里伸出大钳子。

岛田的家就在那被分成了三段的狭长的宅地正中间。这房子原来是一个富商的，那个面向大河的长方形大房间似乎是当商店用的。

房主是谁？为什么要把这里让出来？这些都是健三了解范围以外的秘密。

有段时间，一个西洋人借了那个大房子教过英语。那个年代，大家都把西洋人当怪人。岛田的妻子阿常总觉得好像同怪物住在一起，心里很厌恶。起初他还有一个怪癖，就是会穿着拖鞋，慢吞吞地踱到岛田住的屋子前的走廊上。阿常或许是觉得晦气吧，脸色苍白地躺着。那人站在屋檐下往里探了探，说来看望一下。他打招呼的时候，说的是日语还是英语？抑或他只是打了个手势？健三完全记不得了。

四十

不知何时，西洋人搬走了。

当小健三突然想起他来时，那个大房子已经变成管理所了。所谓的管理所，类似于现在的区政府，大家把矮桌子列成一排，在那里工作。那时还不像现在这样广泛地使用桌椅，所以，虽然大家都长时间盘腿跪在榻榻米上，却似乎也没觉得有什么不方便。不管是被传呼的人，还是主动前来的人，都恭恭敬敬地把木屐脱在土地房间，然后候在各自的桌前。

岛田是那个管理所的头儿。他的位子在离入口处最远的地方。从那里拐过直角到能看见河的格子窗边，有多少人，有几张桌子，健三确实不记得听人提过。

岛田的住处和管理所，本来就是由同一个长房间分隔出来的，所以他上下班能图得不少方便。他晴天不用踩泥土，雨天也省得打伞，每天沿着走廊上班去，沿着走廊回家来。这使小健三变得胆大了些，他经常跑到办公的屋子里去。大家逗他玩，他心情好的时候，或摆弄秘书的砚台里的朱墨，或挥舞着小刀的刀鞘，尽做一些让大人头疼的恶作剧。岛田总是借着自己的权势，认可这个"小暴君"的态度。

岛田很吝啬，而他的妻子阿常比他更吝啬。

"'拿着指甲当蜡烛'，说的就是那种人！"

岛田回家后，这样的评价偶尔会飘到他耳朵里。他却正满不在乎，看着坐在火盆边的阿常给女仆盛味噌汤。

"女仆真可怜！"健三自己家里的人也苦笑。

阿常总是给放饭菜的橱子上锁。健三的生父来访时，她肯定给他吃从别家要来的荞麦面，而且她自己和健三也跟着吃。即使在正餐时间，她也绝不会像平常那样端出像模像样的饭菜。当时的健三以为这是理所当然的，等回到自己家以后，除三顿正餐，居然还有三次点心，这令他感到不可思议。

但在花钱方面，岛田夫妇对健三却很是大方。健三外出时，总是穿着料子好的外褂。为了给健三买绸缎衣服，他们还特意带健三到越后店去。在越后店选花色时，已经逼近天黑了。店里的众学徒把大门的挡雨板拉上时，小健三被吓了一跳，"哇"地一声哭起来。他想要的玩具都任他摆弄，其中还有放映幻灯片的工具。他用纸粘成屏幕，在上头放映影子戏，让戴着古代礼帽的人或摇铃或抬腿，玩得不亦乐乎。他买了一个新陀螺，为了使其更耐用，浸泡在河边的泥沟里。泥沟里的水会从栏杆缝里流到河里去，他担心陀螺会被带走，每天从管理所钻进去，反复拿起来看。每次到河边去，他都用棍子去捅螃蟹钻的石墙缝，等螃蟹一爬出来，他就按住它的壳，抓几只活的，装进袖兜里……

　　总之，岛田夫妇很吝啬，但健三是从别人那里领来的唯一的儿子，所以反而得到了格外照顾。

四十一

　　可是，岛田夫妇面对健三时，内心总是隐隐觉得不安。

　　寒冷的夜晚，他们面对面坐在长长的火盆边时，夫妻俩经常故意问健三："哪一个是你爸爸？"

　　健三就朝向岛田，指着他。

　　"那妈妈呢？"

　　健三又看着阿常，指着她。

　　他们得到初步满足之后，接着又以另一种方式来问同样的问题。

　　"那你真正的爸爸和妈妈呢？"

　　健三感到厌烦，但也不得不重复同样的答案。不知为何，夫妻俩听到这样的答复似乎发自内心地高兴起来，会心一笑。有段时间，三个人之间几乎每天都上演这样的情景，有时还不局限于这样的问答，特别是阿常，总要刨根问底。

"你是在哪里出生的？"

她这么一问，健三就不得不说出他记忆中的那扇红门——一扇被竹丛遮蔽的小红门。阿常的训练使健三在任何时候被问到这个问题，都能毫不犹豫地回答出这句话。他的回答无疑是机械的，但阿常毫不在意。

"阿健，实际上你是谁的孩子呀？别躲着，说出来。"

健三觉得很尴尬——与其说是尴尬，不如说是生气。他不想回答，就默不作声。

"你最喜欢谁呀？爸爸还是妈妈？"

健三对为迎合她而按着她想听到的答案回答感到厌烦。他一声不响，像木棍一样站着一动不动。阿常把健三这种行为理解成单纯的年幼无知，无疑是过于简单了。健三内心很讨厌她这种样子。

夫妻俩费尽心思想把健三变成他们的专有物，而实际上，健三确实与他们的专有物无异。健三被当作宝贝的同时，也陷入了被剥夺自由的困境。他的身体受到了限制，而比这更可怕的是心灵的束缚。这在他那尚未懂事的心上投下了阴影。

夫妻俩总是试图使健三意识到他们给予的恩惠。因此，他们说话时往往会着重强调是"爸爸"给的，又或者会在"妈妈"两个字上加重音；自然，如果离开了爸爸和妈妈，健三连吃糖果或穿衣服这样的小事都做不到。

他们努力把自己的热情塞进孩子的心里，但却产生了相反的结果——健三讨厌他们。

"为什么管我管得那么严呢！"

每当提到"爸爸"、"妈妈"，健三就想要属于自己的自由。他开心地玩着自己的玩具，或不厌其烦地看彩色画，但对给他买这些东西的人却毫无兴趣。他只想把"玩具"和"人"截然分开，单独沉醉在纯粹的乐趣里。

夫妻俩疼爱健三，并渴望着这种疼爱能换来特殊的回报。可是，这就跟仗着钱多偷娶美女或者给女人买她想要的东西一样，他们的目的并不在于使人了解自己的感情，他们的热情不过是为了取得健三的欢心。这种不良用心会随着自然发展而受到惩罚，但那时的他们却毫不自知。

四十二

与此同时，健三的脾性也受到了损伤。他那温良的天性慢慢消失，而弥补这一缺陷的，不外乎"倔强"二字。

他日渐任性，如果得不到自己喜欢的东西，不管是在来往的途中，还是在马路边，立即一屁股坐下去就不起来。他有时会从背后使劲儿揪别家小孩的头发；有时无理取闹，非要把神社里放养的鸽子弄回家。他享受着养父母的宠爱，在那个专有的狭小天地里，除了生活起居，别的事情完全不懂。在他看来，所有的别人都是为听从他的命令而存在的，他只需考虑自己顺畅就行。

不久，他越发蛮横起来了。

一天早晨，被父母叫起来后，他睡眼惺忪地朝走廊走去。每天起床后在那里小便已经成了他的习惯。可是那天，他比往常更困，以至于小便还没有完，他就在中途睡着了。之后的事，他就不知道了。

他睁开眼睛时，自己正滚到小便上。不巧的是，他跌倒的走廊比地面高出一倍左右，又正好处在从马路滑向河边的斜坡半腰上，因此，他在那次事故中伤到了腰。

养父母慌了手脚，连忙把他送到千住的名仓去治疗。但腰伤过重，健三很难站起来。他每天把带醋酸味的黄色糊状药物涂在扭伤的部位，躺在房间里，这样的日子不知持续了多久。

"还站不起来吗？站起来试试看。"

阿常每天都这么催他，可健三还是不能动；即使似乎能动了，他也装作不能动。他躺在那里，看着阿常着急的表情暗自发笑。

最后他站起来了，并且像没事一样在院子里转悠。阿常又惊又喜，但健三见到她那演戏般的表情，想着早知道索性不站起来多躺些日子了。

健三与阿常的缺点，在许多方面正好相反。

阿常是个善于装模作样的女人，不管在什么场合，只要对自己有利，她马上就能流下眼泪，简直就是个"活宝"。她把健三当作无知小孩，在他面前比较放松，但其实她的内心早已彻底暴露在健三面前了，只是她自己没有意识到而已。

一天，阿常与一位客人相对而坐，谈到一个叫甲的女人时，两

みちくさ

人说了一些不堪入耳的话。客人走后，甲碰巧来找阿常。阿常又假惺惺地夸起甲来，甚至还添油加醋地撒了个谎，大概是"眼下某某也很赞赏你呢"之类的。

"居然有这么会撒谎的人！"

健三很愤怒。他在甲面前毫无保留地表现出了小孩子的正义感。甲走后，阿常大发脾气。

"你老喜欢惹我火冒三丈！"

健三期待着阿常脸上早点冒出火来。不知不觉中，他对阿常产生了一种厌恶心理。不管阿常怎么疼他，她暗藏着的丑陋决定了她的人格。而最了解她这种丑陋的，正是这个在她温暖的怀抱里长大的孩子。

四十三

岛田与阿常之间出现了异常的现象。

一天夜里，健三猛地睁开眼睛，看见夫妻俩正在他旁边激烈地争吵。事出突然，他哭起来。次日晚上，他再次被同样的争吵声从熟睡中惊醒，他又哭起来。

这种吵闹的晚上持续了好几夜，并且喊骂声越来越高，最后终于动起手来。厮打声、跺脚声、呼喊声交织，幼小的健三感到极度害怕。起初，只要他一哭，两人就会马上停下来；后来，不管他是睡是醒，两人都会毫不客气地继续吵。

眼前的情景，不久前还没有，现在却在每天半夜上演。年幼的健三感到无法理解，他只知道自己很讨厌这些。他不懂所谓的道德，也不明何为是非，是客观事实教育了他，使他讨厌这些。

不久，阿常把事情告诉了健三。按照她的说法，她是世上最善良的人，相反，岛田是个大坏蛋，不过最坏的要数阿藤。每每提到"那家伙"或"那女人"时，阿常就摆出一副难以忍受的样子，眼泪夺眶而出。然而，这种过激的表情，除了使健三感到厌恶之外，没能产生其他效果。

"那家伙是仇人，是妈妈的仇人，也是你的仇人，就算粉身碎骨也要报仇！"阿常说得咬牙切齿。

健三想尽早离开阿常。她总是把健三留在身边，并拉入自己的阵营中，相比之下，健三更喜欢岛田。岛田跟以往不同，多数时候不在家，回来又晚，所以白天很少见面。不过健三每晚都在昏暗的灯影下看他——阴森可怕的目光，气得颤抖的嘴唇，喉头里发出的愤怒声像旋转的雾气般往外喷。

然而岛田仍跟过去一样，常常带健三到外边去。他滴酒不沾，很喜欢甜食。一天晚上，他带着健三和阿藤的女儿阿缝，从热闹的大街散步回来时，走进一家年糕小豆汤铺子。那是健三第一次见阿缝，所以他们并不轻易看对方，也没怎么说过话。

一回到家，阿常就问健三："岛田带你去哪儿了？"

她反复确认有没有到阿藤家里去，最后还追问健三和谁一起去的年糕小豆汤铺子。健三不顾岛田的提醒，将事实和盘托了出来。尽管如此，阿常的怀疑仍未消失。她想尽办法，企图钓出更多的真相。

"那家伙也一起吧？要说真话！说了真话，妈妈就给你好东西。快说，那女人也去了，是不是？"

她努力让健三说阿藤也去了，可健三坚决不说。她怀疑健三，健三鄙视她。

"那爸爸跟那个小孩说什么了？说了些乱七八糟的话吧？跟你又说些什么了？"

这些问话使沉默的健三越发不愉快。可是，阿常不是个善罢甘休的女人。

"在年糕小豆汤铺子里，他让你坐哪一边？右边还是左边？"

这种出于嫉妒的追问总是没完没了，也毫不留情地暴露了自己的为人。阿常完全不介意，连不到十岁的养子厌恶自己，她也全然不知。

四十四

不久，岛田突然从健三的视线里消失了。一直住着的那间夹在面朝河岸的后街和热闹的前街之间的房子，也突然间不知去了哪里。和阿常在一起的健三却在世事变迁中找到了真正的自己。

那个家的前面有挂着门帘的米店和酱店。在他的记忆中，大店铺总是和煮好的大豆联系在一起。他至今还记得每天吃煮豆子的事，而对新家却没有任何印象。"时光"替他把这段寂寞的往事拂去了。

阿常见人就说岛田的事，边说"可气可恨啊"边流泪。

"我死也不会放过他！"

她的气势汹汹的样子，成了健三的心离她越来越远的媒介。与丈夫分开以后，她一心想把健三占为己有，而且深信健三已为她所独有。

"往后只有你能依靠了，可以吗？你可要努力啊！"

每当她这么央求时，健三都不知说什么才好。他无法像个听话的孩子那样给她一个满意的答案。

在把健三当玩物的阿常内心，与其说被爱所驱使而冲动，不如说贪念支撑着邪念在起作用。这无疑在尚未懂事的健三心里留下了不愉快的阴影，而对于其他的事情，健三就不记得了。

两个人的生活没有维持多久。是因为物质缺乏吗？还是因为阿常改嫁而不得不改变现状？年幼的健三彻底糊涂了，反正阿常也从健三的视线里消失了。不知何时，健三被带回了自己的家。

"这些事，想起来好像是别人的事一样，倒不觉得是自己的事。"

浮现在健三脑海中的这些往事，离如今的他确实太遥远。不过，他还是应该好好琢磨一下自己这些看似别人的生活的往事，尽管其中有些许不愉快的滋味。

"那个叫阿常的，当时改嫁给波多野了吧？"

妻子记得，几年前阿常给丈夫写来过一封长信。

"也许吧，我也不清楚。"

"那个叫波多野的人，或许还活着！"

健三根本没有见过波多野，当然也不会去思考他的生死。

"不是说是个警官吗？"

"不知道啊。"

"你那时不也是这么说的吗？"

"什么时候？"

"就是你给我看那封信的时候呀！"

"是吗？"

健三想起了那封长信上的些许内容，阿常在信上说了很多当年辛苦照顾小健三的事：因为没有奶，从一开始就就给健三喂粥；健三有个坏毛病，睡觉时爱尿床，很麻烦——阿常对这些事前前后后说得很详细，叫人看得腻烦。阿常还提到有个在甲府当审判官的亲戚，每月会给她寄钱，所以日子过得很是顺意。至于她那位宝贝丈夫是不是警察，健三不记得了。

"说不定已经死了。"

"或许还活着呢！"

夫妻俩谈论的既不是波多野，也不是阿常，就这样你说一句，我答一声。

"就像那人冷不防出现一样，说不定那女人什么时候也会突然就来了呢！"

妻子望着健三的脸，健三交叉地抱着双臂沉默着。

四十五

健三和妻子都能感觉出阿常写那封信的用意。虽然她与健三已经没有多大关系了，健三也应该每个月诚心给她点儿钱，毕竟她曾那么细心地照料过小健三，如今怎么能不理不睬呢？——字里行间都透着这个意思。

当时，健三把这封信送到了东京的哥哥手里，拜托哥哥提醒对方，老是把这种信寄到单位会引起麻烦的，希望她能注意。哥哥很快就有了回复，他叫健三放心，说已经转告对方，既然阿常已与养父断绝关系，另行改嫁，那她就是外人了，何况健三已经离开养父家了，如今还直接书信来往，实在叫人为难。此后，阿常没有再写信来。健三放心了，但心里总觉得有点儿难过。他无法忘记阿常曾经对自己的照顾，但他还是跟过去一样讨厌她，而他对阿常的态度跟对岛田的态度差不多，可以说他对阿常的厌恶甚于对岛田的厌恶。

"一个岛田已经够受了，这种时候，要是那个女人也来了，那就更难办了！"健三心想。

对丈夫的过去知之不多的妻子心中另有他事。她的体谅之心如今全都投在了娘家。她父亲原本是颇有地位的人，长久的无职生活使他的经济陷入了困境。

　　常有青年人来找健三探讨。健三与他们相对而坐，常把对方明朗的性格和自己的心境进行比较。于是，他清楚地看到，眼前这些青年，都望着前方，一步步轻松愉快地前进着。

　　一天，他对其中一个青年说："你们真幸福！毕了业就只需考虑要成为什么样的人、要做什么样的事。"

　　青年苦笑了一下，然后答道："那是你们那个时代的事吧？如今的年轻人可没那么悠闲。做什么人、干什么事，这个自然也会考虑，不过我们更清楚，这个世道不会像我们希望的那样。"

　　确实，与健三毕业那会儿相比，日子艰难了十倍，但这都只是衣食住行等物质上的问题。因此，青年的回答与健三的看法多少存在一些分歧。

　　"嗯，你们不用像我这样为往事而烦恼，所以应该说很幸福。"

　　青年露出了不解的神色。

　　"不过完全没看出您在为往事烦恼。看来我的日子还在后头。"

　　这回轮到健三苦笑了。他向那青年讲述了一位学者倡导的有关记忆的新学说——人从悬崖上掉下去的瞬间，会把自己过去的一切回忆起来，并在头脑里描绘出来。关于这一现象，这位学者是这么解释的："人平素只为自己的前途而生存。可是，由于某一瞬间发生的危险，其前途突然被堵塞了，这时，他就会立即转过身回顾自己的过去。如此，过去的一切经历都会瞬间回到自己的意识里。"

　　青年饶有兴趣地听着健三的讲解。他根本不了解情况，没法把这种论述应用到健三的身上。健三也不会把自己放在瞬间回忆起所有往事的危险境地中来思考当下的自己，他还没有笨到这个地步。

四十六

　　岛田是第一个把健三卷进不愉快的往事中的人，过了五六日，他又出现在了健三家的客厅里。当时，健三只觉得映入眼帘的这个老人，既像过世的幽灵，又像现世的活人，同时也是自己暗淡的未来的影子。

　　"这影子黏在身上转来转去的，究竟想做什么？"

　　健三心里荡起了涟漪，与其说他是被好奇心所驱使，不如说他是不安。

　　"最近去看比田了。"

　　岛田说话用词和上次一样慎重，但说起为何要去拜访比田，他又摆出一副"没什么"的神情敷衍过去。听他的口气，像是因为好久不见，正好那边有事，才顺便去问候的。

　　"那里与过去不同了，变化很大呢！"

　　健三开始怀疑坐在面前这个人的诚意。他是否真的拜托过比田来劝自己别断了父子关系？比田又是否按照之前商量的那样，断然拒绝了他的请求？——健三连明摆着的事实都不怀疑，这是不可能的。

　　"先前那里有个瀑布，一到夏天，大家就常往那里去。"

　　岛田没把对方的反应放在心上，顾自往下聊着。当然，健三觉得没有必要主动去谈论那些烦心事，只是不得已顺着老人的话敷衍几句。渐渐地，岛田的言辞在不知不觉中变样了，到后来，他居然毫不客气地直呼健三的姐姐的名字。

"阿夏岁数也大了。我们的确很久很久没见面了。她以前脾气倔，老跟我吵闹，何苦呢！大家原本就像兄弟姐妹一样，再怎么吵，总归是要和好的。再说，每次一有困难，她就哭哭啼啼来找我帮忙，我觉得她怪可怜的，多少也都给她一点儿。"

岛田很是傲慢无礼，如果背后被姐姐听到这些话，她一定很生气。而且岛田不怀好意，他只从自己的立场出发，把事实歪曲之后企图再强加于别人。

健三的话越来越少，最后，他一言不发，只是直勾勾地盯着岛田。

岛田特别喜欢女人，而且在街上看东西时，他总是张着嘴，有点儿像傻子。不过，谁见了他都绝不会觉得他是个善良的傻子。他那凹陷的眼睛深处，有种难以名状的东西；眉毛也很阴险；长在那狭窄而突出的前额上的头发，从年轻时起就没有左右分过，像旧时代的武士一样朝后头抹。

岛田忽然看了健三一眼，以此忖度对方的心事。他刚才说话还和以前一样傲慢无礼，不知何时又变得慎重了。他非常希望能和健三像过去那样相处，但最终还是放弃了尝试。他开始在屋里到处扫看，可惜屋里既无匾额，也无挂轴，很叫人扫兴。

"你喜欢李鸿章的书法吗？"他突然问道。

健三没有说喜欢，也没有说不喜欢。

"如果喜欢就送给你。如果那种东西能折成价钱的话，可是相当值钱呢！"

岛田曾把别人冒充藤田东湖[1]的笔迹写在半张宣纸上的"白发苍颜万死余"当作古董，挂在厨房的灶台上方；现在又说要把李鸿章的书法送给健三，健三怀疑他不知又在什么地方找谁写的。他根本不想要岛田的东西，所以未加理睬。

岛田只好回家去了。

四十七

"到底来干吗呢，那人？"

妻子强烈地感觉到，那人定不会毫无目的地白跑一趟，碰巧健三多少也受到了同一感觉的支配。

"真搞不懂！鱼和野兽[2]到底是不一样的！"

"什么？"

"我说那种人和我们不一样。"健三道。

妻子突然联想到娘家人和丈夫的关系。两者之间存在着一道天然的鸿沟，把彼此隔离开来。丈夫固执己见，他是绝不会越过这道鸿沟的。他始终带着一股情绪，认为这道沟理应由制造的那一方填平。而妻子的娘家人则相反，他们觉得是健三的任性挖出了这道鸿

---

1 藤田东湖（1806～1855 年），江户幕府末期的学者，勤皇派。
2 鱼和野兽：在日本人眼中，海里的鱼比山里的野兽珍贵，这与日本的地理环境和文化背景有关。

沟，所以由健三填平才是正理。妻子自然站在娘家人这边。她觉得丈夫与娘家人不和睦，自己在这当中要负主要责任。她闭上嘴，不想再说。

健三把心思集中在岛田的事上，没有思考妻子的想法："难道你不那么认为吗？"

"如果你是说那人和你，确实有着鱼和野兽的区别。"

"我当然没有拿其他人来比较。"

话题又回到了岛田身上。

"关于李鸿章的挂轴，他说什么了？"妻子笑问道。

"他问我要不要。"

"还是算了吧，万一要了，说不定以后他又会提出什么要求来呢！说是送给你，估计也只是说说罢了。他肯定是希望你掏钱买。"

对夫妻俩来说，比起李鸿章的挂轴，还有很多别的东西更需要买。女儿们一天天长大了，不给她们买件像样的衣服都没法出门。妻子觉得丈夫肯定不会对这种事上心。最近她在西服店定做了一件雨衣，每个月要付给店里两元五角，她从健三的工资中拿出这些钱，健三也不管。

"恢复户口的事，他好像没有提到吧？"

"嗯，什么也没有说。我现在就像进了迷魂阵似的。"

岛田最初提出这个奇怪的要求是为了试探健三吗？还是他诚意委托比田却遭到断然拒绝，知道行不通，所以今天才没有提呢？

健三完全蒙了："到底是哪一种情况呢？"

"搞不懂的，那种人的想法！"

实际上，岛田什么事都不会办。三天后，他又来敲健三家的门。当时，健三在书房里，灯亮着，他坐在桌前思考问题。刚刚有一点儿思路，他正努力顺着思路理问题，思路却突然被打断了，他露出满脸的不高兴。他回过头，看见女仆呵着双手，在房门口等他回话。

"怎么这么喜欢给人添麻烦！"

他暗自叨咕，却没有勇气断然拒绝与那个人见面。他愣愣地望着女仆，一时没有说话。

"让他进来吗？"女仆问。

"嗯。"他不得已应了一声，接着问道，"夫人呢？"

"夫人说有点儿不舒服，躺下了。"

健三想，妻子躺下，肯定是癔症发作了，于是他站起来。

四十八

客厅里点着一盏昏暗的洋油灯，毕竟那年头，不是每户人家都能用上电灯的。洋油灯是把油壶嵌在细长的竹制灯台上做成的，像极了倒立在榻榻米上的鼓膛。

健三走进客厅时，岛田正把灯拉到自己身边，边用手拨弄灯芯，边观察火苗的大小。他看到健三，也没打招呼，只说了句："油烟积得也太多了吧？"

确实，玻璃灯罩都被熏黑了。煤油灯有个缺点，如果灯芯剪得

みちくさ

不齐，又拧得过高，就会出现这种现象。

"要不换一个吧？"

同样的灯，家里有三盏。健三叫女仆把餐厅里的那盏洋油灯的灯罩先拿过来换上。但岛田却无动于衷，紧紧盯着早已被油烟熏模糊的灯罩。

"这可怎么办好呢？"他自言自语道，伸着脖子仔细看。那擦不透明的圆顶盖上印有花草图案。

在健三的印象中，岛田对这种事特别留意，甚至可以说他在这方便有洁癖，大概是为了弥补思想上和金钱上的不洁净吧。他对客厅里和房檐下的灰尘也很在意，经常撩起衣襟又擦又扫，然后光着脚走到院子里，连不必要的地方也要扫一扫，或泼泼水。如果有东西坏了，他一定亲自动手修理，不管花多少时间、付出多大劳力，他都不在乎。这不仅因为他本性如此，还因为在他眼里，时间和劳力远不及攥在手中的一分钱宝贵。

"这种事自己能做，花钱请人太吃亏了！"

"吃亏"对他来说，真是比什么都可怕。但是，吃了多少看不见的亏，他自己却不知道。

"当家的太老实。"

阿藤曾在健三面前这么评价过自己的丈夫。小健三虽不谙世事，但也知道那不是真话，只是当着阿藤的面，他只好善意地理解为那是阿藤替丈夫的品质做掩护。当时，他什么也没说，现在看来，阿藤的评价似乎有些实在的依据。

"明明吃了大亏却还不在意，不就是太老实吗？"

老人只考虑金钱上的欲望，尽管因为想法过于简单而未能如愿，但还是在拼命地动脑筋，这在健三看来十分可怜。老人把那双深陷的眼睛靠近玻璃灯罩，似乎在琢磨什么，使劲儿盯着那盏昏暗的灯。那样子使健三感到同情。

"就这么老了！"

这句话似乎在暗示岛田一生受尽熬煎，健三在体会这句话的同时，联想到自己又将怎样衰老下去。他本不信神，然而此刻他的心里确实出现了神，而且他强烈地感受到，也许在神看来，自己的人生与这位贪得无厌的老人没什么区别。

就在那时，岛田把灯芯拧得太高了，细长的灯罩里全是红色的亮光。他吃了一惊，赶紧把灯芯往回拧，但又拧过头了，使原本就只有一点光的屋子更昏暗了。

"弄不好吧？"

健三拍了拍手，让女仆拿了另一盏油灯来。

四十九

这天晚上，岛田的态度与上一次来时没有任何不同。整个谈话中，他始终把健三当作独立的人。只不过上次所说的挂轴的事，他似乎已经忘了，连李鸿章的"李"字都未提及。至于让健三迁回户籍的事，那就更不用说了，他连吭都没吭一声。他净说些平常一些的话。当然，要从中找出两人共同感兴趣的事，那是不可能的。他说的大部分事情，对健三来说，都是毫无意义的。

健三听得无聊。但在无聊中，他保持着一种警惕性，他预感到这位老人会在某天拿着某件东西，以比今天更明确的姿态出现在他面前；而且他还能猜到，那件东西肯定是自己不感兴趣的或是对自己没有什么用处的。他在无聊中感到担心，也十分紧张。也许因为这个缘故，健三感觉到岛田那双一直注视着自己的眼睛起了变化，跟刚才透过玻璃灯罩凝视被油烟熏黑了的油灯里的亮光时有着根本的不同。

"一有缝隙，他就会钻进来。"

岛田那双深陷的眼睛虽然迟钝，但明显蕴含着这个意思。因此，健三自然要摆好抵抗的架势，但有时也会出现一种情况——当需要明确亮出这种架势时，健三又想让对方那双带着渴望的眼睛看到自己镇静的姿态。

突然从里间传出妻子呻吟的声音，健三的神经对这种声音比一般人更敏感。他立即竖起耳朵。

"是谁病了吗？"岛田问。

"嗯，内人有些不舒服。"

"是吗？那可不行啊，哪儿不舒服？"

岛田没有与妻子见过面，似乎连她是何时、从何地嫁过来的，都不知道。因此，他只是客套地问候一下。健三也不想得到那个人对妻子的同情。

"近来天气不好，可要多加小心呀！"

孩子们已经入睡了，里屋很安静。女仆好像在远处的厨房边的三叠房里。这种时候，把妻子一个人撇在里间，健三感到很不安心，他拍拍手掌叫女仆。

"你到后面去，在夫人身边侍候吧。"

"是。"

女仆显得不知如何是好，拉上房间的隔扇门。健三又转过身来，面对岛田，不过他的注意力显然已经离开老人。他心中盼着老人早点儿回去，这愿望在言谈举止之间便已流露出来了。然而，岛田仍不起身。直等到接不上茬，实在尴尬了，他的屁股才从坐垫上滑下来。

"你们这么忙，我打搅得太久了，下次再来吧。"

岛田对妻子的病什么也没有说，在门口换鞋时，他又回过头来对健三说："你晚上一般都有时间吗？"

健三含含糊糊地应了一声，站着未动。

"是这样，我还有点儿事要跟你谈谈。"

健三没有问是什么事，只是拿着灯。老人从昏暗的灯影下抬起头来，用呆滞的眼神望着健三。他那见缝就钻、唯利是图的眼睛发出令人厌恶的光。

"那么，再见。"

岛田打开格子门，最后说了这么一句，然后消失在夜幕中。健三没有为他点亮门口的灯。

五十

健三立刻走进里屋，站在妻子枕边说道："怎么了？"

妻子睁着眼睛望着天花板。健三俯下身子看了妻子一眼。洋油灯放在隔扇暗处，屋里比客厅还要昏暗，健三看不清妻子的眼睛看向哪里。

"怎么了？"

健三不得不又问了句，但妻子还是没有说话。

自结婚以来，他已经多次碰到这种情况了。为适应这种情况，他的神经显得过于敏感。每碰到这种情况，他总是感到非常不安。

他在枕边坐了下来："你出去吧，这里有我。"

女仆原先心不在焉地坐在被子旁边，无聊地看着健三。她默默地站起来，双手扶着门框对主人说了声"晚安"，然后随手把隔扇门关上，留下一根穿着红线的针落在榻榻米上。

健三皱起眉毛把女仆掉落的针捡起来。若在平时，他肯定会把女仆叫回来，批评几句，再把针还给她。但此时他却默默地拿在手里，想了一阵，最后把那根针扎在隔扇上，又转身望着妻子。

妻子的视线已经离开天花板，但健三还是不知道她在看哪里。健三那乌黑的大眼睛闪着一丝光，但缺乏朝气；妻子她那无神的眼睛则睁得溜圆，茫然地看着对面那个人。

"喂!"

健三摇了摇妻子的肩膀。妻子没有说话，只是慢慢转过头来，朝健三看了看，眼神中却没有流露出知道丈夫就在身边的痕迹。

"喂，是我，不认识了吗?"

在健三不断重复的老套、简单而又粗暴的语言中，透着不为人知的怜悯、痛苦和悲戚。然后他跪坐下来，显出像在祈祷上苍一样的虔诚。

"求你说说话吧，是我啊，看看我吧!"

他内心这么哀求着妻子，但又不想把这种悲痛的哀求说出来。他很容易受悲伤情绪的支配，所以很少表露自己的感情。

妻子的目光突然恢复了正常，像从梦中醒过来似的，望着健三。

"是你?"

她的声音轻细而悠长。她面带微笑，当看到紧张的健三时，她停止了微笑。

"那人已经回去了?"

"嗯。"

两人沉默了片刻。妻子又转动脖子，看了看睡在身边的孩子。

"睡得真香啊!"

孩子躺在妈妈身边，枕着一个小枕头，安静地睡着。健三把右手放在妻子的额头摸了摸。

"要不要用水冷敷一下?"

"不用，已经没事了。"

みちくさ

109

"不要紧吗？"

"嗯。"

"真的没事吗？"

"真的。你也休息吧。"

"我还不能睡。"

健三又钻进了书房。他不得不独自一人撑过这个寂静的夜晚。

五十一

健三想睡却睡不着，脑子里乱成一团。他的思路似乎被打断了，他在阻挡自己前进的浓雾中苦恼。

他不断想象着自己明天早晨的可怜样——他不得不站在比别人高出一个台阶的地方；而面对那些专心看着自己或认真记录自己笨拙的讲解的青年们，他感到抱歉。他无法超越这些，因而虚荣心和自尊心的受伤，又使他感到无比痛苦。

"明天的讲稿写不成了！"

这么想着，他突然很讨厌如此努力的自己。思路顺畅的时候，他感觉像是受了某人的鼓舞而深信"咱还挺聪明的"，但此时，这种自信和自负很快就消失得无影无踪了。同时，对周围的不满情绪比往常更加高涨，扰乱了自己的思维。末了，他把手里的钢笔往桌上一扔。

"算了！无所谓了！"

已经凌晨一点多了。他关了灯，摸黑走到走廊上，里屋的两扇隔扇门映在灯光下，显得很明亮。健三拉开其中一扇隔扇走进去。

孩子们像小狗似的滚成一团睡着，妻子也静静地闭着眼睛仰面而躺。他不发出响动，小心地坐到妻子旁边，稍稍伸长了脖子，仔细打量着妻子的脸，然后又把手轻轻覆在她脸上。她闭着嘴。他能隐约感觉到手心处妻子呼出的热气，她的呼吸是那么均匀而平稳。

他把手缩了回来。突然，他心里闪过一个强烈的念头——若不叫一叫妻子的名字还不能放心。但是，他很快战胜了这个冲动。接着他又把手搭在妻子的肩上，想把她摇醒。但最后还是忍住了。

"应该不要紧吧？"

过了好一会儿，他才终于回到了正常人的思维状态。他对妻子的病特别敏感，因而已经把这当成了一般的步骤，无论面对的是谁，只要在同样情况下，他都会采取同样的行动。

睡眠是治疗妻子的病的良药。健三经常这样长时间地守在她身边，满脸担心地凝视着她。每次看到自己最不可得的睡眠静静地落在她的眼皮上时，健三都感到犹如甘霖降在眼睛里一般。可是，如果她睡得太久，使健三总也看不到她的眼珠在转动的话，他又会不安。最后，为了看看妻子那紧锁在睫毛下的瞳孔，他经常特意把熟睡中的妻子摇醒。而当妻子睁开沉重的眼皮，露出一副"你就不能让我再睡会儿吗！"的疲倦的表情时，他又开始后悔了。但是，如果他不做出这种表示关切的行为来确定妻子还活着的话，他那过敏的神经是不会答应的。

过了一会儿，他换上睡衣，钻进自己的被子。就这样，他将不清醒却又停不下来的大脑交给了寂静的黑夜。黑夜，用于净化大脑里的浑浊，过于漆黑；不过，要让大脑的骚动停下来，借着这份寂静却又是再好不过的。

第二天早晨，他在妻子的叫唤声中醒来。

"你时间到了。"

妻子仍躺在床上，她伸手从他的枕头底下拿出怀表看了看。厨房里传来女仆在砧板上剁菜的声音。

"女仆已经起来了？"

"起来了，我刚把她叫醒的。"

原来妻子把女仆叫醒之后，又钻进了被窝。健三连忙爬起来，妻子也一同起了床。关于昨晚的事，两人似乎都忘了，完全不提。

五十二

对各自的行为和态度，两人都没有表现出任何注意或反省，但心里都清楚两人之间的特殊因果关系，并且充分认识到一个事实，即这种因果关系是他人完全不能理解的。所以，在不明来龙去脉的第三者看来，并不会觉得很奇怪。

健三一声不响地出了门，和往常一样去工作。然而在工作中，他突然想起了妻子的病。妻子那双乌黑的眼睛，像梦魇一般悄然浮现在他眼前。于是他觉得，自己必须立刻离开讲台回家，有时甚至感觉马上就会来人来接他。他一会儿站在角落里望着正前方尽头的房子门口，一会儿抬起头来，看看倒扣的头盔似的高而圆的天花板。天花板是用清漆涂饰的材质层叠而成的，高处显得更高，但却不足以锁住他那颗小小的心。最后，他的目光落到了面前成排的黑脑袋上——青年们正在聚精会神地听课。这些青年让他突然意识到应该回到现实中来。

健三被妻子的病弄得苦恼不堪，相比之下，反而对岛田的诡计没那么担心了。他觉得岛田只是个刻薄而又贪婪的男人。但另一方面，健三因老人没能充分发挥自己的脾性而看不起他。和这种人进行毫无意义的谈话只是浪费自己宝贵的时间罢了。对健三来说，这比让自己接受某类人更烦恼。

"他下次又会说些什么呢？"

健三料定那个人还会让自己的心情受到扰乱，暗暗叫苦，而他的口气像是在催促妻子回答。

"反正搞不懂他，别老想着了，不如早点断了的好。"

健三很赞同妻子的观点，可嘴里却说出相反的话来："我没有老想着！那种人，本就没什么好担心的。"

"没人说需要担心什么吧？这不是麻烦吗？叫你你也受不了呀！"

"世上有太多事情，不会因为'麻烦'这么简单的理由就作罢。"

健三与妻子都有些固执。

当岛田再次来到的时候，健三比往常更忙，正在伤脑筋，但却

みちくさ

没能拒绝同岛田见面。

正如妻子所料的那样，岛田所说的"有事商量"，果然是指钱。他似乎早就已经瞄准了，打算一有机会就说。他大概是觉得一直等下去也没个尽头，索性不考虑时机，直接向健三摊了牌。

"实在有些困难，又没有别人可以指望……你无论如何也得帮一把。"

老人的话带着蛮横，好像必须把他的请求当成义务，不然他就不答应。当然，从健三的自尊心出发，这话还没有强势到使他受伤。

健三从书房的桌子上拿出钱包。当然，他不管家计，钱包很轻，甚至就那么空空如也地扔在砚台边好几天也不足为奇。他把钱包里能摸到的纸币全掏出来，放在岛田面前。岛田露出奇怪的表情。

"虽然无论如何也达不到你的要求，不过这已经是我全部的钱了。"

健三将钱包口打开了给岛田看。岛田走后，健三将空钱包扔在客厅里，又进了书房。把钱给岛田的事，他在妻子面前只字未提。

五十三

第二天，健三和平时同一时间回到家。他坐在桌前，郑重其事地盯着被放回了老地方的钱包。在他的所有的东西中，这个用皮革做的对折大钱包算是最好的上等品了，是他在伦敦最繁华的地方买的。

如今，他对从外国带回来的纪念品越来越不感兴趣了。在他看来，这个钱包也是无用之物，他甚至在想妻子为什么要特意把钱包放回原处。对于那个空钱包，他只是投以讥笑的一瞥，连摸也不摸一下，一搁就是好几天。

过了几天，因为某个原因，健三需要用钱，便拿起桌上的钱包递到妻子跟前。

"给我放点钱。"

妻子右手拿着尺子，坐在榻榻米上，她抬起头看着丈夫。

"里面应该还有的呀！"

上次岛田回去之后，她并没有问丈夫是什么事，因而两人完全没有谈及老人拿钱这一话题。健三觉得妻子是因为不了解情况才这么说的。

"钱已经全都给人了，钱包早就空了！"

妻子似乎依然没有意识到自己的误解。她把尺子扔在榻榻米上，把手伸向丈夫说道："我看看！"

健三觉得很荒谬，把钱包递给妻子。妻子打开钱包，里面露出了四五张纸币。

"瞧，这不是有钱吗？"她用手指夹起那沾有污垢的皱巴巴的纸币，拿到健三胸前让他看。这一举动像是在夸耀自己的胜利，还伴着轻微的笑声。

"你什么时候放进去的？"

"那人走了之后。"

みちくさ

健三对妻子的体贴，与其说是高兴，不如说是觉得稀奇。他所了解的妻子是很少这么机灵的。

"她是在同情我被岛田拿走了钱吗？"

他心里这样想，但并没有开口向妻子问清其中的原因。妻子也抱着与丈夫同样的态度，没有主动说明原委，免得麻烦。健三不声不响地接过妻子补放进钱包里的钱，又不声不响地花掉了。

妻子的肚子一天天大起来，她渐渐变得呼吸不畅，行动笨拙，情绪也容易波动。

"这回我大概是真的没救了！"

她经常有所感触地说，还流下眼泪来。健三大多时候不搭理这话，但有时被逼得不得不理睬。

"为什么？"

"也不知道为什么，就是忍不住这么想。"

问答无法继续，就此中断了。在这问答中，似乎隐藏着什么。这隐藏着的东西，沿着简单的对话，消失在言语不能到达的地方，就像微弱的铃声潜入了耳朵听不见的世界一样。

妻子想起了健三那位因妊娠反应而呕吐致死的嫂子。自己生长女时也被同样的症状折磨得痛苦不堪，她把两件事进行了对照。如果当时自己再有两三天无法进食的话，就只好采取灌肠滋补的办法，就在紧要关头，她算是顺利熬过来了。每当想起这些，她就会觉得自己能活到今天是一种偶然。

"做女人真是太没意思了！"

"那是女人的义务，也没办法。"

健三的回答很普通，但当他扪心自问时，又觉得自己是瞎扯，不由得暗暗苦笑。

五十四

健三的情绪时高时低，就算是信口开河，他也说不出让妻子宽心的话，有时还因妻子难受地躺着的狼狈样感到生气。他会一直站在枕边，故意刻薄而冷漠地叫妻子做些没必要的事情。妻子赖着不动，大肚子紧贴在榻榻米上，一副任你打骂的态度。她平时就不太说话，现在更沉默了。她看着丈夫焦躁不安的样子，但却不予理睬。

"就是说要倔强到底了！"

健三心底深深地刻着这句似乎包含了妻子所有的特点的话。他必须把其他的事全部抛开，把所有的注意力都集中到"倔强"这一观念上来。他把别处都弄得漆黑，尽可能地把带有强烈厌恶感的亮光投射在这几个字上。妻子却像鱼和蛇一样，一声不响地承受着这份厌恶。因此，在旁人看来，妻子是个品行高尚的女人；相反，丈夫则被评价为疯子般暴躁的男人。

"你要再这么冷漠，我的癔症又要发作了！"

妻子的目光不时透出这样的信息。不知为什么，健三对这目光既感到害怕，又十分厌恶。他那么傲慢，内心祈求着一切能顺当，表面上却装出一副"随便你"的样子。妻子清楚地知道，在丈夫强硬的态度里，存在着某种近乎伪装的软弱。

"反正生的时候会死的，无所谓了。"她嘟囔道，好让健三听到。

健三恨不得说出"那就死去吧"。

一天夜里，健三突然睁开眼睛，看见妻子瞪着大眼睛盯着天花板，手里拿着他从西方带回来的剃刀。她没有把折在黑檀木刀鞘里的刀刃拉出来，只是攥着黑色的柄，所以他的视觉并没有受刀刃的寒光的侵袭，但他还是吓得心里"扑通"一跳。他连忙坐起来，一下子把妻子手里的剃刀夺过来。

"别干蠢事！"

他说话的同时已把剃刀扔了出去。剃刀正好砸在拉门的玻璃上，砸开一个小洞，玻璃落到了反侧的墙根下。妻子茫然地呆着，像在做梦似的，什么也没有说。

她是真的被逼得要动起刀子吗？或者是因为意志受癔症支配而神志不清才摆弄起利刃来的？又或着这只是妻子为了战胜丈夫而故意吓唬人？如果是吓唬人，那么她的真正目的又是什么呢？是想让丈夫变得温顺而亲切，还是单纯地被肤浅的征服欲所驱使？健三躺在床上为这件事找了各种理由，且不时用眼睛悄悄地望望妻子，观察她的动静。妻子如同死人一般，一动不动，健三不知道她是睡着还是醒着。他把头靠回枕上，回到解决问题的对策上来。

解决这些问题，比他在现实生活中的地位，以及在学校上课都重要得多。他对待妻子的基本态度，也必须放在需要解决的问题之列。他以前比现在要单纯得多，对妻子那不可思议的举动是病症所致深信不疑。那时，只要妻子的病一发作，他就像忏悔的殷勤之徒，虔诚地跪坐在妻子身边。他确信那是身为丈夫最亲切、最高尚的解决办法。

"现在只要把原因弄清楚……"

他怀着一种慈爱的心理，但不幸的是，这个原因并不像他过去想得那么简单。他苦思冥想，问题仍得不到解答，最后头昏脑涨，打起盹儿来。但他很快又爬起来，赶去上课。他没有机会跟妻子说昨晚的事，而从妻子的表情来看，似乎随着太阳的升起，她已把这事给忘了。

五十五

遇到这种不愉快的事情之后，两人之间往往会出现一个自然的仲裁者，使他们在不知不觉中开始正常的夫妻间的对话。

然而，这自然的仲裁者有时只是旁观者。夫妻俩一直过得很别扭。每当两人的关系变得极度紧张时，健三就对妻子说："回你娘家去！"妻子却摆出一副回不回都是自己的自由的表情，态度很叫人厌恶，使得健三毫无忌惮地重复了好几遍同样的话。

"既然这样，我带孩子回娘家去！"

妻子说完，曾一度回了娘家。健三每个月给她送伙食费，以此换来了过去那种书生生活，他对此很满意。宽敞的宅子里就住他和

みちくさ

女仆两人，他对突如其来的变化，一点儿也不感到寂寞。

"啊，真是轻松多了，心情真是舒畅！"

他在八叠的客厅中央摆上一张矮脚饭桌，从早到晚在上面写东西。正是酷暑，身体虚弱的他身子向后一仰，"啪"的一声倒在榻榻米上。他不知道这陈旧的榻榻米是什么时候换上的，颜色发黄，陈腐的气味蒸发在他背上，渗进他的身体和心里。

他忍着酷暑的煎熬写笔记。他在稿纸上写着蝇头小字，尽可能多写一些，这对当时的他来说，比什么都愉快，同时也比什么都痛苦，当然也是他的义务。

女仆是巢鸭[1]一个花匠的女儿，她从家里拿来两三盆盆栽，放在餐厅的墙边。他吃饭的时候，女仆一边服侍他，一边给他讲各种事，非常亲切。这使他感到高兴，但他看不上女仆拿来的盆栽。这种便宜货，在庙会上花两三角钱就能连盆一起买回来。

他从未想念过妻子，只顾写东西。换句话说，他完全没想过去一趟妻子的娘家，也完全不担心妻子的病。

"虽然有病在身，反正身边还有父母，如果真的不行了，总会来说一声的。"

他的心比起夫妻俩在一起的时候要平静许多。

他不但不去找妻子的亲友，也不去见自己的哥哥姐姐。好在，他们也不来。他独自一人，白天一个劲儿地学习，夜里凉快，就去散散步，然后钻进带补丁的蓝色蚊帐里，进入梦乡。

过了一个多月，妻子突然回来了。那天，夕阳西下，夜幕降临，他

---

1 巢鸭：地名，位于日本东京都丰岛区。

正在不算宽敞的院子里来回踱步。走到书房前时，妻子突然从半朽的栅栏门后边探出身子来。

"我父母说，让我回到你身边吧⋯⋯"

健三注意到妻子穿的木屐，表面起了毛边，后跟磨损得厉害。他同情起来，从钱包里拿出三张一元的纸币，交到妻子手里。

"实在不像样，买双新的吧！"

妻子回来后，又过了几天，岳母来看健三。她坐在榻榻米上，和妻子说的话大同小异，无非是把要他领回母女俩的意思再细说了一遍。健三觉得，既然妻子想回来，如果自己拒绝就太不近人情了，所以当即就答应了。于是，妻子带着孩子又回到了驹込。但她的态度跟回娘家之前没有两样，健三感觉被岳母骗了似的。

他反复回想着发生在夏天的这件事，每次想起来，心里就不痛快。"这种日子，什么时候才是个头啊！"他想。

五十六

岛田从不忘记经常到健三家来露个面。他担心一旦将已经攥在手里的利益的线索放开，以后就没有机会了。这个念头使岛田变得更加没完没了，弄得健三有时不得不到书房去把那个钱包拿到老人面前来。

"哎呀，真是个好钱包呀！到底是外国的东西，感觉就是不一样！"

みちくさ

岛田拿起二折大钱包，一副羡慕的神情，把里里外外翻个遍。

"恕我冒昧，这东西在那边卖多少钱？"

"好像是十先令吧，换成日元的话，五元左右吧。"

"五元？还真贵！我知道在浅草的黑船街有一家制作箱包的老店，那里要便宜得多。以后要是有需要，我可以帮你拜托他们。"

健三的钱包不充实，有时还是空的，但即使如此，他也只能无奈地陪着说话，找不到机会起身离开。岛田总是借着说点什么就久坐不走。

"不给点儿钱就是不走，真是讨厌的家伙！"

健三心里很气愤，但不管怎么为难，他也从没特意向妻子要钱给这老头过。妻子把这当成一桩小事，也没怎么数落抱怨。

这样几次下来，岛田的态度渐渐积极起来了，居然开始毫无顾忌地提出索求，让健三给他凑够二三十元整钱。

"无论如何请帮个忙。我都这把年纪了，也没有儿子来养老，能依靠的也就你了。"

岛田甚至没有察觉出自己的话带着蛮横。然而健三还是不作声，只是暗暗生气。岛田那双深陷而呆板的眼睛狡黠地转动着，还不忘看健三的反应。

"你过得这么好，连十块、二十块都拿不出，也太不应该了吧。"

岛田甚至连这种话也说得出口。他走后，健三带着厌恶的表情看向妻子。

"他是想一点一点侵食我！最初是想一次性攻陷，被拒绝之后，就从远到近一步步包抄。这家伙实在可恶！"

健三只要一生气，就爱用"实在"、"最"、"超级"等表示最高级的字眼儿来发泄心中的不满。在这点上，妻子的沉着冷静取替了顽固自恃。

"你自己不该中圈套。如果一开始就留神，不让他靠近，不就没事了吗？"

健三不高兴的样子全挂在脸上、唇边，他几乎要说出"这个我一开始就有数"。

"如果真心想绝交的话，随时都可以。"

"可是这样一来，以往的交情不就毁于一旦了吗？"

"这事跟你毫无关系，对你来说确实如此，可我和你不一样。"

妻子没有理解健三这句话的意思："反正在你眼里，我就是个笨蛋。"

健三懒得纠正妻子的误解。当感情产生矛盾时，夫妻俩连简单的对话都没有。他望着岛田的背影消失，然后一声不吭地进了书房。他在书房里既不看书，也不动笔，就只是呆坐着一动不动。妻子对此毫不上心，好像他是个与家庭脱离了关系的孤独的人。她不理睬丈夫，最多也就想想，既然丈夫是自愿钻进禁闭室里的，那自己也无能为力。

五十七

健三的心很乱，像被揉成一团的纸屑。那股火气如果不找机会发泄出来，他就会因憋得难受而静不下心来。有时，他会毫无缘由

みちくさ

地将摆在走廊上的盆栽踢飞出去。

那盆栽是孩子们央求母亲买的。褪成红褐色的素陶瓷发出清脆的破裂声，也会使他多少产生些满足感。可是，当他看到遭到无情摧残的花和茎的惨状，一种说不清的感觉又立马向他袭来。作为孩子们的父亲，他却残酷地亲手毁掉了年幼的孩子们喜爱的美好物品。这种自觉，使他更加难过。但他没有勇气在孩子面前坦白自己的过错。

"不是我的责任！是谁把我逼得做出这种疯子的行为的！都是那家伙！"

他在内心深处经常替自己辩解。他的情绪波动很大。平心静气的谈话对沉淀他的情绪很有帮助，可是他躲着人，使得这种谈话没能实现。他一个人待着，感觉自己被无法发散出去的怪异热源团团围住。

保险公司的推销员上门来，他看到那些令人讨厌的名片，当场就把传递名片的女仆大声斥责了一顿，虽然女仆并没有过错。斥责声清楚地传到了站在门口的推销员耳朵里。

事后，他为自己的态度感到惭愧，气自己没能对一般人做到真诚相待。但同时，他又跟踢掉孩子的盆栽时一样，在心里大声念起同样的理由来："不是我不好，我并不坏！这点，即使那个人不理解，我自己知道！"

对于信心不足的他而言，"老天爷知道"这句话怎么也说不出口。他甚至没想过，如果真能说出那话，该是多么幸福。他的道德观念像不得不做的应酬，总是从自身开始，又在自身结束。

他经常考虑钱的问题，有时甚至怀疑，自己为什么到现在这状态，还是不以物质财富为目标？

"就算像我这样的，如果一门心思朝那方面努力的话……"他曾有过这种自负的想法。

他觉得自己寒碜的生活现状就是个笑话。他可怜那些比自己更穷更拮据的亲戚，甚至看到岛田为了满足基本的欲望从早忙到晚，也觉得可怜。

"大家都想要钱，而且除了钱，别的什么都不想要。"

这么一想，健三不知道自己以往都干了些什么。他本就不是个会赚钱的男人，就算能赚到钱，他也觉得花那么多时间太可惜。刚毕业那会儿，他辞掉了其他的工作，满足于从一所学校里拿每月四十元的工资。那四十元被父亲拿去一半，他用剩下的二十元在古庙里租了一个房间，每天吃山芋和油豆腐。但在那期间，他并没有做出什么成绩来。

当时的他和如今的他在很多方面已经大不相同。不过，经济上的不宽裕和最终没干出点儿什么，这两点倒是没变。

是做有钱人，还是做伟人？

他企图两者选一，将态度不明确的自己整理一下。不过，从现在起要成为有钱人对迂阔的他而言已经晚了。做伟人吧，又有太多烦恼妨碍着他。当然，如果认真分析一下这些烦恼，主要还是因为没钱。他不知怎么办才好，常感到焦躁不安。

想成为不为金钱支配的真正的伟人，还需要很长时间。

みちくさ

五十八

从国外回来时，健三就已经意识到金钱的必要性了。他将在阔别已久的出生地东京组建新家，而当时他身无分文。

他离开日本时，将妻儿托付给了岳父。岳父把自己宅子里的一栋小屋腾出来给他们住。那是妻子的祖父母生前居住的，小了点儿，但也不寒碜。隔扇上还保留着南湖[1]的画和鹏斋[2]的字，使人不由自主地想起故人的情趣来。

岳父曾经做过官，虽不是过得特别阔气，不过健三出国前托付给自己的女儿及其孩子，倒也没有受苦。而且政府还按月给岳父的家属发放津贴，健三也就安心出国去了。

健三出国期间，日本内阁发生了变化。岳父从安逸的闲职转任到了某一忙碌的职位上。不幸的是，新内阁不久就倒台了。岳父也被卷入了旋涡下台了。

身在远方的健三听到这一剧变后，用深情的目光遥望故乡的天空。不过他认为没有必要担心岳父的经济状况，自然也就没有为此烦恼过。粗心大意的他回国后，也没有将这事放在心上。他以为妻子每月拿的那二十元就足够两个孩子和女仆的开支了。

---

1 春木南湖（1759~1838 年）：又号吞墨翁，名画家。
2 龟田鹏斋（1752~1826）：善书法。

"毕竟不用交房租。"

他漫不经心地想，但看到实际情况，他惊得目瞪口呆。原来在他出国期间，妻子已经把日常换洗的衣服全都穿破了，最后实在没办法，只好把健三留下的朴素的男装改成了自己的衣服。被子掉出了棉絮，其他寝具也都裂了缝。然而，岳父也只能干看着，无法给予金钱上的援助。岳父丢掉职位后做了投机买卖，结果把为数不多的存款都赔了进去。

健三回日本时穿着高领服，几乎没法转动脖子。他默默地看着生活悲惨的妻子。洋气十足的他被眼前这充满讽刺意味的境况打倒了，他甚至连苦笑的勇气都没有。不久，他的行李到了，全是书。他连一只戒指都没有给妻子买过。屋子十分狭窄，箱子都打不开。他开始寻找新住处，同时设法筹钱。

当时健三唯一的办法就是辞去工作，那样就能理所当然地领到一笔辞职金，因为根据规定，只要工作满一年，辞职时就可以领半个月的薪水。虽不是什么大金额，但他至少可以用那点钱添置一些日常生活所需的家具。

健三揣着那点儿钱，和一位老朋友去各处的旧货店转了一圈。那位朋友有讨价还价的癖好，不管东西好坏，因此光走路就花了不少时间。茶盘、烟灰缸、火盆、大碗，看得上眼的东西很多，可是买得起的很少。因此，那位朋友下命令似的对店主说："就这个价！"如果店主不同意，他拔腿就走，把健三一个人留在店里。健三也只好追了上去，偶尔走得慢了点，朋友就会在远处大声叫健三。朋友很热情，性格又烈，让人分不清他是要买东西还是卖东西。

みちくさ

五十九

除了日用品以外，健三还得定做书柜、书桌。他站在定做西式木家具的店铺前，和不停地拨动算盘的店主交涉。

新做的书柜没有玻璃和后板，会积灰尘，但健三没有富余的钱。木料不够老，厚重的原版洋书往上一放，横板就弯曲得厉害。对健三来说，做这么粗糙的家具，也要花不少时间。

特意辞职得来的钱不知不觉就用光了。粗枝大叶的他难以置信地睁大眼睛，环视了一下毫无情趣的新居。他在国外时，因急需做衣服，便向同住的人借钱，而现在，他不知怎样将钱还给人家。偏偏就在那时，人家来信讨债，说如果情况允许，希望健三能把钱还了。健三坐在新做的高脚桌前，沉默地看着那封信。

虽然住在一起的时间并不长，但健三对那个曾在遥远的国度一同生活过的人的记忆，带着淡淡的新鲜。两人是校友，且同一时间毕业。不过，那人是作为高级官员，奉命前去调查某一重要事件的。他的财力与健三的助学金相比，不能同日而语。

那人除了卧室，还租了会客厅。晚上，他穿着漂亮的刺绣缎子睡衣，暖和地坐在炉前阅读书报。健三挤在自己那狭小的北屋里，暗暗羡慕。

健三还有一段克扣午餐的悲惨经历。有时，他在回家途中顺便买一个三明治，边吃边在开阔的公园里漫无目的地踱步。他一手撑着雨伞，遮挡住斜飘过来的雨，一手拿着三明治，嘴巴塞得满满的，一副难过的样子。他几次想在长凳上坐下来，可看到被雨淋湿的长凳又犹豫了。有时，他从街上买了饼干，打开盒盖，"咯嘣咯嘣"地把又硬又脆的饼干咬碎，也不喝水，就着口水硬往下咽。有时，他还会到不体面的简易食堂去，和车夫、工人一起，随便吃上一顿。那里不像一般的食堂，一眼能看到整个屋子。那里的椅子，靠背像屏风似的直立着，只能看见与自己并排坐的人。那里全是一张张不知什么时候才会进澡堂的脸。

健三过着寒碜的生活。同住的人大概是觉得健三可怜，所以常邀他去吃午餐、上澡堂、喝茶。健三跟他借钱，是两人相处得很亲密之后的事。当时，那人像扔废纸似的，随手把两张五英镑的银行券递到健三手里，也没说什么时候要还。健三想回到日本后总会有办法的。

回国后，健三一直惦记着这事。不过，在收到讨债信之前，他没想到这么急。

健三束手无策，只好去找一位老朋友。这位朋友并不是大财主，但健三心里清楚，以他的地位比自己肯定容易些。果然，朋友答应了健三，把所需的钱如数放到了健三面前。健三立刻把钱还给了在外国对自己有恩的人，并与朋友约好，按每月十元分期偿还。

みちくさ

六十

就这样，渐渐在东京安定下来的健三，注意到自己的物质生活上的寒碜。但他觉得，在金钱以外的其他方面，自己是一个优胜者。这种自觉使他觉得很幸福。然而，这种自觉被金钱问题所干扰，他终于开始反省。他想起了平日里外出时穿的印有家徽的黑棉布和服，开始觉得那是自己无能的证明。

"我都这光景了，还有人死乞白赖地来要钱，真过分！"

健三觉得岛田就是那些品质恶劣者的代表。虽然明摆的事实是，无论从哪个角度看，自己的社会地位都要比岛田优越，但这没能给他的虚荣心带来任何影响。岛田以前直呼健三的名字，现在却用礼貌的寒暄语，但健三觉得没什么可自豪的，因为岛田不过是把自己当作财源。健三认为自己是穷人，从这个立场来说，岛田确实让人气愤。

慎重起见，健三问了问姐姐的看法。

"究竟困难到了什么样的地步啊，那个人？"

"是啊。他三番五次开口讨钱，或许真的很困难。可是阿健，往外给钱，那是个无底洞啊，你再能挣也填不满呀。"

"我看起来很会挣钱吗？"

"和我家那口子比起来，难道你不是想挣多少就挣多少的人吗？"

姐姐以自家的生活状况为标准。她还是那么健谈。说到比田，她说他从来没有把每个月的薪水完完全全拿回来过；薪水不多，交际要交的费用却很多；比田经常值夜班，光便当钱就不少；每个月的亏空，勉强能用年中和年底的奖金应付过去。——姐姐把这些事都详细地告诉了健三。

"就说奖金吧，也不是全交到我手里的。这些日子，我们俩都像退休的老人似的，每个月将伙食费交给阿彦，让他供我们饭食，过得比以前要轻松些了。"

姐姐夫妻俩和养子同住在一个屋檐下，经济上却是分开的，各做各的饭食。来了客人也是各掏各的腰包。健三以一种无法想象的目光，看着这被极端个人主义笼罩的一家子。但是，这在既不懂"主义"又没有主见的姐姐看来，却是再自然不过的。

"你不用这样，真是太好了。何况，我们阿健有本事，只要工作，想挣多少就挣多少。"

如果健三一直默默地听她说下去，恐怕连岛田等人去了哪里都要忘记了。

姐姐最后补充道："这样吧，要是觉得烦，就告诉他，等过些日子手头方便了再给，把他打发了！如果他还是纠缠不清，那就假装不在家，反正他也没有什么要紧的事。"

健三觉得，这确实是姐姐才会说的话。他从姐姐的话中找不出要点，便又问了比田同样的问题，比田只是一个劲儿地说"没事的"。

"不管怎么说，他还有过去的地皮和自建的房子，按理说不至

みちくさ

131

于那么困难。何况，阿缝会准时给阿藤寄钱。估计他也就随便说些不靠谱的话，用不着理会。"

比田说的果然还是那套敷衍的、轻飘飘的陈词滥调。

六十一

最后，健三只好问妻子："岛田的实际境况到底是什么样的呢？我问过姐姐和姐夫，他们也不了解。"

妻子无精打采地抬头看着丈夫。她痛苦地用双手捧着即将临产的大肚子，披头散发地靠在一只船底形的红漆枕上。

"那么在意的话，自己直接调查一下不更好吗？那样很快就能弄清楚了。你姐姐早就不和那人来往了，自然不可能了解情况。"

"我没有那种闲工夫。"

"那就先不管了吧。"

妻子的语气有点像责怪健三没有男子汉气概。她生来就不是那种喜欢把心事全都说出来的人，连自己娘家人和丈夫之间发生不愉快的事，她也不怎么去争辩。对与自己无关的岛田，她常装作什么也不知道，听之任之。精神过度紧张的丈夫，让她觉得像个胸襟狭隘的人。

"不管了？"

健三反问，妻子不说话。

"以前不就没管吗？"妻子没有往下说。

健三不高兴地站起来，钻进书房。不光是岛田的事，在其他方面，两人也说不上几句话。当然，由于不同的原因，有时也会出现相反的情况。

"听说阿缝得了脊髓病。"健三说。

"要真是脊髓病，那就难办了！"

"听说没有挽救的希望了，岛田很担心。要是阿缝死了，柴野和阿藤就没有关系了，以前阿缝每个月都给他寄钱来，以后估计就没有了。"

"真可怜啊，现在就得脊髓病……还很年轻吧？"

"比我大一岁，我好像说过吧？"

"有孩子吗？"

"好像还不少，究竟几个，倒也没问过。"

一个不到四十岁的女人，留下一群未成年的孩子就要离开人世，妻子想象着那会是什么样的心情。然后她想到了自己分娩的后果。健三看着妻子沉甸甸的肚子，却一副漠不关心的样子，妻子觉得，这样的男人太无情，但心里又羡慕他们不必受分娩之苦。而健三根本没有注意到这些。

"岛田会那么担心，必定是他自己惹人厌恶了吧。他甚至说：'柴野那个人爱喝酒，动不动就跟人吵架，不会有出息的。'有什么办法呢？其实问题不在这里，而在于岛田太叫人讨厌。"

"就算不讨厌岛田，那么多孩子要养，也没办法呀。"

"也是，既然是警察，大概跟我一样穷吧。"

みちくさ

"可是，岛田怎么会跟阿藤……"妻子犹豫了一下。

健三不解其意。

妻子接着说："他怎么会跟阿藤好的呢？"

健三小时候不知听谁说的，阿藤还是年轻寡妇的时候，不知因为什么事，非要去管理所。当时岛田觉得，一个女人家去那种地方，很是可怜，就多方与她热心帮助。两人的关系就是那时开始的。不过，这事对岛田而言是否含有"恋爱"的意味，健三至今仍弄不清。

"贪念肯定也帮了忙！"

妻子什么也没说。

六十二

得知阿缝正遭受不治之症的折磨之后，健三心软了。他和阿缝已多年没见了，其实，虽然以前经常见面，但几乎没有真正交谈过。坐下也好，离席也罢，一般也只是相互点个头。如果用"交际"二字来说明这种关系的话，那么，两人的交际是极为淡薄而肤浅的。健三对她既没有留下强烈的好印象，也没有掺杂不愉快的回忆。可是如今，在健三看来，她比岛田和阿常要珍贵得多。就算他那对人类抱着慈爱的心变成铁石，就算被认为是冷漠的人类的典型，他的看法也不会改变。——他那充满同情的目光望着远方，默默地想念着即将死去的阿缝。

与此同时，他心里还在思考一种利害关系。阿缝说不定什么时候会死，狡猾的岛田肯定会以此为借口再来央求他。他清晰地预料到这一点，打算尽可能地躲开，只是在这种时候，他不知道采取什么策略才能躲得开。

"除非和他吵一架，关系破裂，不然没有别的办法。"

他下定决心，抱手等待。可没有想到，岛田到来之前，他的敌人阿常却突然来了。

他和往常一样在书房里，妻子走到他面前："那个叫波多野的老太婆终于来了。"

他听了，与其说是吃惊，不如说是不解。而在妻子看来，他的样子就像慢吞吞的胆小鬼。

"见吗？"

见就见，不见就不见。妻子是在敦促他果断决定。

"见，让她进来！"

岛田来时他也是这么说的。妻子犹豫地站起来，走到后边去了。

健三走到客厅，见一个衣着粗俗的矮胖老太婆坐在那里，那朴素的穿着，与他印象中的阿常完全不同，比见着岛田更使他吃惊。

她的态度与岛田相反，好像到了与自己的身份有着天壤之别的人面前，致意问好时，恭恭敬敬地低下头，说话也很殷勤。

健三想起小时候经常听她说她娘家的事。她说，她的娘家在乡下的住宅和庭院，是十分豪华的建筑，最大的特色是地板下流水纵横——这是她反复强调的重点。健三至今还清楚地记得她说的"天南

みちくさ

135

之柱"[1] 这个词。可是，小健三并不知道那宏伟的住宅在哪个乡下，也不记得她带他去过。据健三所知，连阿常自己也没有回过那个阔绰的家。当健三那双持有批判态度的眼睛渐渐长大，能隐隐看穿她的性格时，他想到，那只是阿常惯常的空想和吹牛。

健三把以往那个一心想让人看到富有、高尚、善良的阿常，与恭恭敬敬坐在跟前的老太婆对比——时光带来的变化是多么不可思议！

阿常以前就很胖，现在还是很胖，甚至让人觉得，她的某些部位更胖了。她已经完全变了，无论从哪个角度看，都使人觉得她是个乡下老太婆。说得夸张一点儿，她就像一个从乡下进城来的老太婆，背着装有面粉的背篓。

六十三

"啊，变了！"

照面的瞬间，双方有此同感。不过，特意前来的阿常，事先对这种变化似乎有充分的预感和准备，而健三却完全没有料到。因此，主人比客人更感到意外。但由于性格的关系，健三没有露出吃惊的样子。只是，他有些害怕阿常利用一贯的伎俩扮演戏剧性的角色。如今，他被迫再次欣赏她"演戏"，他感到苦不堪言。他尽可能地防着阿常露这一手。这是为了她，也是为了自己。

---

1 天南之柱：天南是一种树木，也是一种较名贵的建筑材料，常用来形容豪华的建筑物。

健三听阿常把经历大致说了一遍，好像她遭遇了难以避免的不幸。她和岛田离婚后，嫁给了波多野，两人没有生孩子，于是从某地领了个女孩来抚养。养女招女婿时，波多野已经死了还是活着，阿常没有说。

女婿是开酒店的，店铺设在东京最繁华的地方，虽不知买卖有多大，但至少阿常没有说"难啊""穷啊"等叫苦的话。

后来女婿在战争中死了，女儿无法维持买卖，母女俩只好关闭店铺，靠住在近郊的一个亲戚，搬到了非常偏僻的地方。养女改嫁之前，母女俩的生活全靠政府发的遗属抚恤金维持。

这一次，阿常讲故事的态度与健三预料的相反，显得很平静。虚张声势的手段、蛊惑人心的用语、引人入听的唱腔，都不多。他还发现自己与这个老太婆之间没有丝毫共鸣。

"哦，这样啊，真是……"

键三的应答很简单，即便用于敷衍都过于简短，但他并不觉得有何不合理。

"是以前的成见在作祟。"他想，可心里并不好受。或许有的人生性并不爱哭，但偶尔也会真的哭，所以或许刚刚好就在自己面前哭了呢？——这是健三的感觉。

"说不定我的眼睛也能随时流出眼泪来呢……"

健三一直望着那个坐在坐垫上的矮胖老太婆。她的眼睛藏不住眼泪，那神态使健三觉得可悲。他从钱包里拿出五块纸币来，放在她面前。

"不好意思……您回去的时候雇辆车吧。"

她说并非为此而来，推辞了一番之后还是收下了。遗憾的是，在健三的赠礼里，只有淡薄的同情，没有明显的诚意。从她的表情来看，她似乎清楚地知道这一点。人和人的心既然已经不知不觉远离了，也就没有挽回的必要，不如死了这条心。他站在大门口，目送阿常离开的背影。

"如果那可怜的老太婆是个好人，或许我也会哭吧……即使哭不出来，我也会尽量满足她的吧？再说，把抚养过自己而如今被冷落的亲人接回家来养老送终，也能做到吧？"

健三默默地想着，但他的心事没人会知道。

六十四

"以前就老头，现在倒好，老太婆也来了，一下子便成了两个！依我看，以后你就等着被他们折腾吧！"

妻子平时说话很少这么干涩的。这种既非说笑亦非讥讽的态度，刺激着沉心思考的健三，使他很不愉快。健三一声不吭。

"又提到那件事了吧？"妻子用同样的口吻问道。

"哪件事？"

"你小时候尿了床，叫那老太婆犯难的事呀！"

健三听了，连苦笑都笑不出，他心里也起了疑问：阿常怎么不提这件事了？

其实健三一听说阿常来了，马上就想到了她那张能说会道的嘴。阿常是个喋喋不休的女人，特别是在维护自己的利益方面。健三的生父容易被她的花言巧语欺骗，即使听到的明显是奉承话，他也欣喜若狂，经常夸奖阿常。

"真是难得的女人呀，至少她会持家。"

每当岛田家掀起风波时，阿常就把心里所有的话都掏给健三的生父听，还不时流下悲伤和悔恨的眼泪。健三的生父被深深地感动了，马上就站到了她这边。

姐姐也很会说奉承话，健三的父亲很喜欢姐姐这一点。每次姐姐来要钱，父亲总是一边说"我也有难处呀"，一边却已经从箱子里取出了姐姐所需的钱。

"虽然比田是那种家伙，不过阿夏很招人喜爱。"

姐姐回去之后，父亲总像辩解似的对周围人这么说。

姐姐的嘴能自如地笼络父亲，但与阿常相比就逊色多了，而且阿常装模作样这一点，也是姐姐望尘莫及的。阿常那张嘴太厉害，使健三在十六七岁的时候就怀疑：与她接触过的人中，除了自己，能看清她本性的有几个？

健三同她见面时，感到最难对付的就是她那张嘴。

"是我把你带大的呀！"她会反复说这句话，甚至说上两三个小时，无非是想让健三记起儿时的恩情，但健三一想到这话就害怕。

"岛田才是你的敌人！"

她总是把自己脑子里的旧想法，像放电影似的加以夸大，然后显现给健三。这一点也让健三害怕。

无论说什么，她都要掉几滴眼泪。健三看到她那假模假样的眼泪，心里很是别扭。她说话不像姐姐那样扯着嗓门儿，但必要的时候，声音也会大得刺人耳朵。圆朝[1]讲的故事里有一种女人——她一边把长火筷子使劲儿往灰里插，一边倾诉着自己上当受骗后的怨恨，弄得听者不知所措——阿常的表现跟那种女人如出一辙，连语气也一个样。

虽然阿常目前的表现出乎健三的预料，但他并不觉得可庆幸，反而感到不可思议。在他大脑的某个部位，深深地刻着阿常以前的性格，那印迹就像牢不可破的监狱。

"都快是三十年的旧事了，事到如今，她也会有所顾虑吧。何况一般人早就把这种事忘了。再说人这性格吧，经过这么长时间，慢慢地总会变的。"

妻子这么跟他解释。但健三还是感觉摸不到头脑，尽管顾虑、忘却、性格变化等因素就摆在面前。

"她不是那么爽快的女人！"

他内心里觉得不这么解释就没法接受。

六十五

妻子不了解阿常，所以反而笑丈夫执拗："既然你喜欢这么说，我也没办法。"

---

1 圆朝：指三游亭圆朝（1838~1900 年），著名的滑稽故事家。

妻子觉得健三在某些方面的确如此，特别是在处理与她娘家人的关系上，丈夫这种怪脾气表现得特别明显。

"不是我执拗，而是那个女人执拗。你是没和她打过交道，说出这种话来，连你自己都不知道对不对。"

"可是，既然你想象中的女人以完全不同的姿态出现在你面前，你也应该改变过去的看法吧！"

"如果她真的是变成了另一个人，我随时都可以改变看法。但事实并非如此！只是外表不同罢了，内心还是老样子！"

"你怎么知道？又没有新的证据！"

"你不知道，但我是一清二楚！"

"太武断啦，你！"

"只要是对的，武断点儿有什么关系！"

"但如果说得不对就会招来麻烦，不是吗？那老太婆跟我又没关系，我可以袖手旁观。"

健三没懂妻子的意思，但妻子没有再往下说。妻子在心里替自己的父母兄弟辩护，不想与丈夫明着争下去。她不是那种富有理性的人。

"好烦！"

只要一探讨稍微复杂的问题，她肯定会说这句话。如果在解决问题的过程中出现了麻烦，她会一直强忍着。当然，强忍对她来说并不好受，健三觉得那样只会使她更郁闷。

"执拗！"

"执拗！"

みちくさ

141

　　两人用同样的话相互指责，从而读懂了各自心里的疙瘩，且不得不承认这种指责是有道理的。

　　固执的健三一直不肯去岳父家。妻子呢，既不问为什么，也不催他，一声不吭，只在心里重复着那句"好烦"，但并没有改变态度。

　　"受够了！"

　　"我也受够了！"

　　同样的话不时在两人心里反复出现。不过，两人之间的关系就橡皮筋一样，有时会表现出弹性来。当关系紧张到快使皮筋绷断时，又会慢慢地自然恢复。

　　良好的状态稍微持续几天，妻子就会吐出暖暖的话来："这是谁的孩子啊？"

　　妻子拉着健三，把他的手放在自己肚子上问。那时，妻子的肚子还没有现在这么大，但她已经能感觉到肚子里有生命的脉搏在跳动，她想让有感情丰富的丈夫的手指也感触到这种轻微的跳动。

　　"吵架肯定是双方都有不对。"

　　她也会说出这种话。

　　顽固的健三并不认为自己有什么不对，于是就一笑了之。

　　"分住两地，再亲也淡如水；同住一处，仇敌也能亲如家人。——这就是世道。"

　　健三像是悟出了什么高深的哲理，继续琢磨。

六十六

除了阿常和岛田的消息，健三也偶尔听到些哥哥和姐姐的消息。

每年一到寒冷时节，哥哥的身体就出毛病。入秋后他就感冒了，没去局里，休息了一个星期后拖着重病去上班，结果连续几天高烧不退，大吃苦头。

"非要逼自己！"健三对妻子说。

要么逼自己保住饭碗，要么为养病而提前退休——哥哥只能二选一。

"好像是肋膜炎。"健三又说。

哥哥显得很不安。他怕死，他比谁都怕死。这使他以比任何人更快的惊人速度消瘦下来。

健三看向妻子。

"他就不能放宽心再休息休息吗？至少也等烧退下去呀！"

"他想是想，但毕竟行不通啊。"

健三有时会想，哥哥死后，自己也只能在生活方面照顾一下他的遗属。他知道有些不近人情，但事实只允许他这么做。同时，他对自己无法从这种想法中摆脱出来而感到不快。他尝到了苦涩的滋味。

"不会死吧？"

　　"怎么会……"

　　妻子没有理会。她忙于对付自己的大肚子。接生婆与娘家有些关系，有时会从大老远坐车前来。健三不知道她为何而来，又做了什么。

　　"是给你揉肚子吗？"

　　"嗯，是的。"妻子只是含糊地回答。

　　过了些日子，哥哥的烧突然退了。

　　"说是求菩萨保佑的。"妻子很迷信，喜欢拜佛、祈祷、信神等。

　　"是你出的主意吧？"

　　"才不是。是一种很高深的祈祷方式，我都不懂，据说是要把剃刀放在他头上。"

　　健三并不认为靠剃刀就能治好越来越严重的高烧。

　　"心情不好才会发烧，心里痛快了，烧也就退了。就算不用剃刀，用勺子、锅盖，效果也都一样。"

　　"可是，吃了多少药都不见好转呀！有人就劝他试试，他就想试试吧，反正香烛花不了几个钱。"

　　健三暗暗觉得哥哥太糊涂，但也同情他烧还没退却买不起药。健三想，剃刀也好，别的什么也好，只要能退烧，就是幸运的。

　　哥哥刚好，姐姐的哮喘病又开始了。

　　"又来了。"健三下意识地说道，忽然想起了比田完全不在意老伴的样子。

　　"不过，好像这回病得比以往厉害，兴许会挺不过去。你哥哥让我转告你去看看。"妻子艰难地把屁股坐到榻榻米上，"站一会儿就觉得肚子不舒服，伸手想拿柜子上的东西都拿不到。"

健三露出吃惊的表情。他原本以为孕妇越是临近生产，就越应该运动，没想过下腹或者腰部会有多吃力。他失去了强迫妻子运动的勇气和信心。

"我实在是没法去看姐姐。"妻子说。

"你当然可以不用去，我去就行！"

六十七

那阵子，健三一到家就感到疲惫。这种疲惫不只是因为工作，所以他更是懒得出门了。他经常白天睡觉，有时他靠着桌子，把书摊在眼前，睡意却再三袭来。每当从打盹儿的梦中猛然惊醒，他更觉得必须把这失去的时间夺回来。他离不开桌子，就像被捆绑住似的，静静地待在书房里。他的良心在命令他：无论怎么学不进去，无论进度多慢，都得老老实实地待着！

四五天的时间就这样白白流过了。当健三终于来到津守坡时，曾一度说可能会撑不过去的姐姐，病情已经开始好转。

"哦，好了就好！"他简单地问候，可心里却有种莫名其妙的感觉。

"哎，总算运道还好。其实像我这样活着，也只是给你们添麻烦。不中用了，有时候还不如死的好。偏偏阳寿没到头，真是一点儿办法都没有。"

姐姐似乎在期待健三问明这话的意思，可健三一声不响，只顾抽烟。这些微妙的地方表现了姐弟俩性格的不同。

"只要比田还在，再怎么体虚多病，再怎么不中用，我也得活着。不然，他该怎么办呢？"

亲戚们都说姐姐对丈夫尽心尽力。比田对妻子的苦心全然不在意，但姐姐对丈夫的真心确实到了中毒的地步。

"我天生就是吃苦的命，正好跟我家那口子相反。"

对丈夫尽心尽力的确是姐姐的天性。姐姐说起比田偶尔的蛮横任性时总是很激动，她这种莫名其妙的强调般的尽心尽力也使丈夫反感。姐姐不会做针线活。以前不管叫她练书法还是学技艺，她都没能掌握。自从嫁人，她也从未给丈夫缝制过一件衣服。然而，她比别人更要强。小时候，母亲为了惩罚姐姐的固执，把她关在仓库里，她叫嚷着："我要小便！放我出去！要是不放我，我就尿在仓库里了！"

姐姐隔着纱门与母亲顶嘴的声音，至今还在健三的耳边回响。健三觉得自己跟姐姐虽然性格上大相径庭，却又有某些地方是相似的。然而事实上，两人并非从一个娘胎里出来。

"姐姐是表现得很露骨，如果自己剥去受过教育的外衣，和她也就没什么不同了。" 他不得不在姐姐面前暗自反省。

他曾经过分相信教育的力量，而现在，他清楚地认识到，教育的力量也无法管教的自己的另一面。基于这种认识，他开始平等看人。因此，对于曾经被自己瞧不起的姐姐，他或多或少有些内疚，而姐姐对此却完全没有觉察。

"阿住怎么样？快生了吧？"

"嗯，挺着个大肚子，看起来很难受的样子。"

"生孩子是很辛苦的，这个我有体会。"

姐姐曾被认为没有生育能力，结婚好几年才生了个男孩。因为姐姐年纪比较大了，又是头胎，她自己和身边的人都很担心。不过并不像大家担心的那样，她没有经历多大的风险就把孩子生下来了，可惜那孩子不久就夭折了。

"要当心呀，千万别草率！要是我那孩子还活着，我也有个依靠啊！"

六十八

姐姐说这话，既是想念死去的亲生儿子，也有对现在这个养子的不满。

"阿彦要是再能干点儿就好了！"

她有时在身边的人面前流露出这种想法。虽然阿彦不像她期待的那么能干，却也是个稳妥可靠的老实人。健三只听人说他一大早就要喝酒，两人交往不深，不知道还有什么缺点。

"要是能给家里多挣点儿钱就好了！"

显然，阿彦的收入无法使养父母过得很宽裕。不过，如果比田和姐姐想想当初抚养他的情形，如今也就没有道理提出这种过分的要求。他们甚至没有送阿彦去上学。虽然阿彦挣钱有限，但对作为养父母的他们而言，能拿到这份工资已经是幸运的了。对姐姐心中的不平，健三不便明确地提示什么，而对那个死去的孩子，他也没有同情。他没见过那孩子，也不知他死去时的情景，甚至连他的名字都忘了。

"那孩子叫什么？"

"作太郎，那里还有灵牌。"姐姐指着客厅墙壁上的小神龛说道。

那个昏暗而脏乱的神龛里摆着五六个灵牌。

"是那块小的吧？"

"是啊，还是婴儿，特地做了块小的。"

健三依然坐着，没想过要站起来去看灵牌上的名字，只是远远望着那个写着金字的黑漆小牌子。他没有任何表情，甚至没有联想起第二个女儿拉肚子拉得差点被夺去生命时，自己那种担心而痛苦的心情。

"姐姐这个样子，说不定什么时候也就那样去了吧，阿健……"她的目光离开了神龛，看向健三。

健三故意避开了她的视线。姐姐虽然嘴里说着令人担心的话，但心里并没想过死。这种牢骚话和别的老人说的话多少有些不同。对她而言，只要像慢性病一样一直拖着，生命也就能一直延续下去。好在她有洁癖，不管怎么难受，也不管别人怎么劝，她从不在屋里解手。她就算爬也要爬到厕所去。她还有一个从小养成的习惯，那就是早晨一定要光着膀子洗漱，无论刮风下雨，从不间断。

"那种叫人担心的话就别说了，好好养着就行。"

"一直养着呢，用你给的零用钱买牛奶，从没断过。"

姐姐说得好像喝牛奶就是养生的全部，和乡下人吃米饭一样。健三意识到自己的身体也一天天变差，他在劝姐姐的同时，也隐约知道这绝不是"事不关己"。

"最近我身体也不太好，说不定比姐姐还要早立灵牌呢！"

在姐姐听来，健三就像在说一个毫无根据的笑话。他自己也意识到了，便故意笑笑。他明知自己的健康状况每况愈下，却束手无策，比起姐姐来更可怜。

"我这是暗暗慢性自杀，没有谁会同情我。"

他心里这么想，脸上却挂着笑，看着姐姐那凹陷的眼睛、消瘦的脸和干瘪瘦长的手。

六十九

姐姐注意细节，对微小的事总抱着好奇心。她过分老实，但有一个怪毛病，那就是爱拐着弯胡思乱想。

健三刚回国那会儿，她就絮叨了一番寒酸的生活现状，借此博取健三的同情，最后借健三哥哥的口，提出每个月能给她点儿碎钱的要求。健三根据自己的身份确定了一个金额，请哥哥告诉她，并且钱也是由哥哥转交的。姐姐来信说，虽然哥哥说了健三每月会给她多少，但还是希望健三能把确切的金额告诉她，且不要让哥哥知道。姐姐显然对充当转交者角色的哥哥不信任。

健三先是觉得姐姐可怜，继而觉得荒谬，而且很生气。他想把姐姐痛骂一顿，要她"闭嘴"！他的回信只用了一张便笺纸，但已经充分表达了他的情绪。

姐姐没再来信。她不识字，上次的信是请人代笔的。那件事后，姐姐对健三更加客气了。本来她什么都想打听一下，但现在，除了一些不会得罪人的家常事，她不轻易开口问。健三也没想过要把自己夫妻关系摆在她面前当话题来说。

"近来阿住怎么样？"

"怎么说呢，还是老样子吧。"

两人的对话多数就此结束。

姐姐间接地知道了阿住的病。她的话中除了好奇心，还有热切的关怀。但这种关怀并没有对健三起作用。因此，姐姐觉得，健三是个难以亲近的怪人。

健三孤寂地从姐姐家出来，一直朝北信步走去，最后走进一条从未见过的肮脏街道，恍若新开辟的。他生长在东京，在自己所站的地方，他还能清楚地辨别方向。可是，那里没有任何足以勾起他回忆的东西。过去的纪念悉数被夺，他走在这块土地上，感觉怪怪的。

他想起了曾经那片青苗地，还有穿过青苗地的笔直的小径，以及田地尽头那三四个稻草屋顶的房子。他看见一个汉子，那人摘掉草帽，坐在长凳上吃凉粉。再往前走，是一家原野般大的造纸厂。拐过造纸厂，走到路尽头，有一条小河，河上有桥，两岸筑着高高的石墙。从上往下看，离河面很高。桥边那家旧式澡堂的布帘，以及旁边的蔬菜店门前摆着的南瓜，曾使小时候的健三联想到广重[1]笔下的风景画。然而，过去的一切都像梦一般消失了，只剩下这片土地。

"什么时候变成这个样的呢？"

健三之前是留心人的变化，如今看到自然景观的急遽变化，他大吃一惊。他突然想起了幼年时和比田下象棋的事。比田一面对棋盘就说："我好歹也是所泽藤吉[2]的弟子呀！"要是现在把棋盘往他前面一摆，他大概还是会这么说吧？

"我会变成什么样呢？"

健三认为，人类过了鼎盛期就只能不断衰落，而郊外的景观正日益繁荣，这两者无意间形成了对比，使健三陷入了沉思。

七十

健三无精打采地回到家。他的样子很快就引起了妻子的注意。

"病人怎么样了？"

对于那个所有人最后都不得不经历的命运，妻子想从健三嘴里得到明确的答案。健三在回答之前意识到了矛盾。

"挺好的，虽然还在卧床，但没有什么危险，感觉被哥哥骗了。"他的语气中透露着"我太愚蠢"的情绪。

1 安藤广重（1797～1858）：江户末期有名的浮世绘画家，长于风景画。
2 所泽藤吉：指琦玉县所泽市的著名棋士大师东吉，因音近而误为藤吉。

みちくさ

　　"受骗好啊，要是真发生点儿什么，那才……"

　　"哥哥没什么坏心思，他是被姐姐骗了，姐姐又被她自己的病骗了。换句话说，这世上所有的人都被骗了！最聪明的大概要数比田——不管妻子病成什么样，他都不上当。"

　　"姐夫还是不在家？"

　　"他会吗？要是姐姐病得再严重点儿就不知道了。"

　　健三想起了比田挂在胸前的金表和金链子。哥哥暗地里说那是镀金的，可比田却当作真品来炫耀。不管是镀金还是真品，反正没人知道他花了多少钱、从何处购得，连谨慎仔细的姐姐也只是猜测。

　　"肯定是拿工资买的。"

　　"搞不好是死当。"

　　姐姐听不进这种话，还向哥哥解释。没想到健三完全不在乎的事，却能引起他们的种种猜想。越是这样，比田就越神气。健三每个月给姐姐的碎钱常被比田拿走，但姐姐却连什么时候落到丈夫手里的、他手头有多少钱都不知道。

　　"最近，他手里好像有两三张债券。"姐姐就像猜测邻居家的财产一样，跟丈夫很疏远。

　　比田把姐姐放在这样的位置上却毫不在意，健三觉得他难以理解。姐姐好像明白这种夫妻关系的无可奈何，一直忍耐着，健三对此也感到费解。至于比田在金钱上一直对姐姐保密，又经常买些姐姐想不到的东西或穿在身上，冷不防使姐姐吃上一惊，健三更是想象不出他的意图。面对妻子，岛田产生了虚荣心；就算他焦头烂额也要让妻子认为自己很厉害，从而感到满足。——当然，仅凭这两点仍然无法充分说明什么。

"要钱时也好，生病时也好，都是不相干的人，两人只是住在了一起罢了。"

健三解不开心中的谜团，而不喜欢费神思考的妻子也未加评论。

"不过在旁人看来，我们俩也很古怪吧？也许我们不该对别人的事指指点点。"

"都一个样，都以为只有自己好。"

健三一听，马上又生起气来："你觉得自己也好吗？"

"当然，就跟你觉得你自己很好一样。"

争吵往往从这种地方开始，双方好不容易平静下来的心又被搅乱了。健三把责任归于不够谨言慎行的妻子，妻子则认为这是乖僻固执的丈夫造成的。

"虽然姐姐不会写字，不会缝衣服，我还是喜欢她那样体贴尊重丈夫的女人。"

"如今上哪儿找那种女人！"

妻子话里藏着极大的反感，她觉得男人最自私。

七十一

妻子虽没有聪慧的大脑，但也有她的过人之处。她不是在被旧式伦理观念束缚的家庭里成长起来的；她的父亲曾担任过政治

みちくさ

工作，但对家庭教育并不死板；她的母亲也不像一般妇女那样对子女管教严格。她在家里呼吸着较自由的空气，又只念了小学，所以什么事都不往深处思考，但如果认真思考，则能使人感觉到她的野性美。

"如果仅仅因为你是我丈夫，我就必须尊重你，那你就别想了。如果想得到别人的尊重，那就拿出值得别人尊重的品格来，是不是丈夫又有什么要紧！"

健三是做学问的，但在这一点上却很古板。他很想实现为自己生存的理想，但从一开始就理所当然地认为无论从哪个意义上讲，妻子都是丈夫的附属物，并将其置于附属位置。

两人最大的矛盾就在这里。

每次妻子试图主张各自独立，健三就感到不痛快，动不动就想："一个女人家，不自量力！"再过分一点儿，他几欲立即开口："太自以为是！"妻子也暗暗用"女人怎么了"来回敬他。

"女人就可以任人践踏吗？"

健三有时能从妻子的表情中清楚地看出这一点。

"别人瞧不起你，并非因为你是女人，而是因为你太笨。要想得到别人的尊重，就得有值得别人尊重的品格。"

健三的这一套理论，不知不觉与妻子用来对付他的那一套理论重合了。他们就这样没完没了地兜着圈子，再累也觉得无所谓。当健三激动的情绪安静下来的时候，他会猛地在圈子里站住；妻子疏通脑子里的障碍时，也会在圈子里突然停下。这种时候，健三收起怒号，妻子开了口，两人又携起手来，有说有笑，但仍无法跳出那个圈子。

大约在妻子分娩前十天，她父亲突然来了，正好健三不在家。傍晚回家时，健三听妻子说起此事，便歪着头问："有什么事吗？"

"哦，说是有点儿事要跟你说。"

"什么事？"

妻子没有回答。

"你不知道？"

"嗯，他临走时说，这两三天内还会再来，到时跟你细说。等他来了，你直接问他吧。"

健三不好再说什么。岳父许久不来了，不管有没有事，健三做梦都没想过对方会特意前来。因为这种疑惑，他比平时话多，而妻子却比平时话少。他感觉到妻子的沉默与由不满和心烦引起的沉默不一样。

不知不觉，夜晚已经变得十分寒冷了。妻子目不转睛地凝视着微弱的灯影，灯光纹丝不动。风猛烈地吹打着挡雨套窗。在这树木呼呼作响的夜里，房里寂静无声，夫妻俩隔着灯默默坐了一阵。

七十二

"今天父亲来时没穿外套，看上去好像很冷，我就把你的旧外套拿给他了。"

みちくさ

那件多年前在乡下的洋服店做的和服外套很旧了，健三几乎都没有印象了。妻子为什么把这么旧的衣服给自己的父亲？健三感到无法理解。

"那么脏……"比起不理解，他更感到难为情。

"哪有？他可是高高兴兴地穿着走的。"

"你父亲没有外套吗？"

"岂止是外套，什么东西都没有了！"

健三吃了一惊，突然发现妻子的脸在微弱的灯光的照射下，显得很悲伤。

"有那么穷吗？"

"是啊，说是已经毫无办法了。"

妻子不爱说话，一直没有和丈夫说起过自己娘家的详细情况。健三对岳父离职后过得不称心的情况略知一二，但完全没想到已经沦落到这地步了。他不禁想起了岳父昔日的风光。

岳父头戴礼帽、身着大礼服、神气十足地走出官邸的石门时的派头清晰地浮现出来。玄关处铺着"久"字形的硬木地板，铮亮铮亮的，健三走不习惯，一不留神就会打滑。穿过连接会客室的宽草坪，往左一拐，便是长方形的餐厅。健三记得结婚前曾在那里与妻子的家人一起吃过晚饭。楼上也铺着榻榻米。正月里寒冷的晚上，他应邀去玩纸牌，就在楼上某间暖和的屋子里。健三对那天深夜的欢声笑语记忆犹新。

宅子还有一栋日式房子与洋楼相连，住在这里的，除了家里人，还有五个女仆和两个书童。由于工作的关系，在这里进出的客人很多，想来也有必要请些用人来听候使唤吧。如果经济上不允许的话，这种需要当然是不可能得到满足的。

健三刚从外国回来时，并没有看出岳父已经困难到这个程度了。岳父来驹込后街的新家看他时，曾对他说："一个人到底还是要有自己的房子的，是吧？当然，一下子办不到，往后推推也可以，但心里要有积蓄的打算。如果手头没个两三千，万一有什么紧急情况，那就麻烦了。就算只有一千也行，存在我那里，一年后就能翻倍。"

健三不懂理财，当时被弄得莫名其妙。

"一年时间，一千怎么能变成两千呢？"

他的大脑无法解答这个疑问。脱离利欲的他带着惊愕，注视着岳父有而自己缺乏的某种怪力。但他并没有打算在岳父那里存上一千元，也没有向岳父打听那个生财之道，不知不觉就到了今天。

"不该穷成这样吧……怎么说都不通。"

"有什么办法呀？都是命啊！"

妻子即将分娩，肉体的痛苦让她使不上劲。健三望着她那值得同情的肚子和毫无光泽的脸默不作声。

在乡下结婚那会儿，岳父不知从何处买得四五把劣质团扇，上面画着浮世绘风格的美人。健三拿了一把，边摇边说"俗气"。当时岳父说："还算合适吧。"如今健三把在那里做的外套给了岳父，却很难说出"还算合适吧"之类的话。他觉得再怎么穷，穿那种衣服，还是太不体面。

"没想到他会穿。"

"虽然不太入眼，总比挨冻强吧。"妻子凄冷地笑道。

みちくさ

七十三

隔天，健三见到了久违的岳父。

从年龄和阅历来看，岳父远比健三谙于世故，但对女婿却很客气，有时甚至客气过了头，极不自然。但那并不能说明岳父坦白了一切，相反，他还暗藏着别的打算。

岳父那双官僚的眼睛，一开始就把健三的态度视为不恭；他认为健三无礼地越过了不应越过的界限；他对健三只相信自己的傲慢也很不满；而且他看不惯健三那种毫不顾忌地想说什么就说什么的粗鲁习气；健三恣意妄为，毫无可取之处，这也是他想指责的。

岳父瞧不起幼稚的健三，却又企图接近不懂形式的健三，所以用表面的客套来掩示内心的蔑视。因此，两人的关系就此停住，无法向前。他们保持着一定的距离，只能看到彼此的短处，却发现不了彼此的长处。自然，两人也无法发现自己的大部分缺点。

不过，在健三看来，如今的岳父无疑是暂时的弱者。讨厌向他人低头的健三，看到因穷困而不得不来到自己面前的岳父，马上联想到了境遇相同的自己。

"确实太辛苦！"

健三的思维被这个念头所震慑。他认真地听着岳父说的筹款方法，脸上却没有半点儿高兴的样子。他心里也抱怨自己不该摆出这样的神色。

"我脸色不好看，不是因为钱，而是因为其他不偷快的事，请不要误解。我不会在这种时候伺机报复、落井下石。"

健三很想在岳父面前这么解释一下，但最后却冒着被误解的危险没有说话。

与莽撞的健三相比，岳父显得相当沉着有礼。在旁人看来，他比健三更具绅士风度。岳父提起一个名字："那人说他认识你，你也该认识他吧？"

"认识。"

健三是以前在学校时认识那人的，没有深交。听说那人毕业后去了德国，回国后很快转行到某家大银行去了。除此以外，健三没有听到过有关他的消息。

"还在银行里吗？"

岳父点点头。健三想象不出岳父和那人是在什么地方、怎么认识的，也没详细打听。要点在于那人愿不愿借钱。

"他说，借也行，但必须要有可靠的担保人。"

"确实。"

"我问他谁可以担保，他说你就行——他特意点了你的名。"

健三毫不犹豫地承认自己是个可靠的人，但他觉得应该让对方知道自己的工作性质，以及自己缺乏财力。何况，岳父交际很广，他平时提到的熟人中，亦不乏社会信用比健三高出许多倍的名人。

"为什么要我也签字？"

"人家说你担保就可以借给我。"

健三陷入了沉思。

七十四

健三没有替人担保的经验。不管他多么粗枝大叶，有些事还是经常能听到的——有人就是因为出于情理，替人画押担保，结果身怀本事却沦落到在现实社会的底层挣扎的地步。他想尽力避开那种关系到自己前途的事。但顽固的他另一方面却又迟疑了。他觉得，如果这种情况下断然拒绝担保，太过冷酷无情，他于心难安。

"一定要我才可以吗？"

"他说只有你才行。"

他问了两次，同样的回答得到了两次。

"很怪啊。"

岳父肯定是到处求情都找不到人作保，不得已才来找他的，但与世事疏离的健三却连这么显而易见的事都察觉不出来。那位并无深交的银行家如此信任他，反而使他提心吊胆。

"不知道会落个什么样的下场！"

他很担心自己未来的安全。同时，他的性格不允许他仅因利害关系就把这件事承担下来。他不得不在大脑里反复搜索适当的解决办法。甚至最后找到了办法，要拿到岳父面前那一刻，他也付出了相当大的努力。

"这事风险太大，我不想做。您所需的钱，我会尽力筹措的。不过我没有存款，只能跟别人借。尽量不要去借那要立约画押的钱。我的交际范围不广，但如果是借不需要冒险的钱，我还是愿意帮忙的。我们先从这方面想办法，当然，不可能凑很多。还有，我筹借的由我来还，这是天经地义的，所以我也不可能借与自己身份不符的钱。"

岳父目前处境艰难，借多少都算帮了忙，所以也没有强求健三。

"那就劳你费心了。"

他用健三那件旧外套裹紧身子，在寒冷的阳光下走着回家。

健三在书房里与岳父说完话，把他送出大门，又径直返回书房，没有看妻子的表情。妻子送父亲出去时，只是和丈夫并肩站在脱鞋的地方，也没有跟进书房来。筹钱的事，两人各自都有盘算，却并没有过多地谈论。

然而，健三从这一刻起便有了负担，为完成这一使命而不得不奔波。他再次来到那位刚安家时和自己一起买火盆和烟具的朋友家里。

"能借点儿钱吗？"

他突然问起这个，那位没钱的朋友惊奇地望着他。他把手伸向火盆，向朋友说明了情况。

"怎么样？"

那位朋友曾在中国的某所学校里教过三年的书，攒了一笔钱，但都买了电力铁道的股票。

みちくさ

“要不去找找清水？”

清水是那位朋友的妹夫，在下町街相当繁华的地方开了一家医院。

“哎……怎么说呢，那家伙兴许有钱，但不知道肯不肯借。去问问看吧。”

好在朋友的好心没有白费，四五天后，健三把借到的四百元钱交到了岳父手里。

七十五

“我已经尽力了。”

健三在心里这样安慰自己。因此，他并没有过多地考虑自己设法弄来的钱的价值。他既不想岳父是否会高兴，也不想这些钱能起多大的补助作用。至于这笔钱将要怎么花、花在哪里，他更是不懂，岳父来时也没有告诉他。

想借此机会消除两人的隔阂，未免想得太简单，何况两人都这么固执。

岳父在待人处事上虚荣心比健三要强。比起费尽心机让别人了解自己，他更愿意把自己的价值摆在明显的位置上。他性格如此，因而在亲人面前总是一副夸张的姿态。

他突然失意，不禁回想到自己的往昔来。为了掩饰，他在健三面前竭力装出另一副姿态，直到实在装不下去，才来求健三作保。然而，他欠了多少钱、受了多少苦，他始终没有把这些情况详细地告诉健三，健三也未过问。

两人保持着以往的距离，分别伸出手，一人拿钱出来，一人接了过去。然后，两人把伸出的手收回来。妻子站在一旁看着这情景，一言不发。

健三刚回国时，他和岳父之间的距离还没有这么大。他安新家不久，听说岳父要开始做某一矿山事业，他当时就觉得奇怪。

"就是说要挖山？"

"嗯，据说是兴办什么新公司。"

他皱了皱眉头，但对岳父那股神奇的力量抱有几分信心。

"能办好吗？"

"你觉得呢？"

健三与妻子简单地聊了几句。随后，健三从妻子那里得知，岳父有事去了北方的某个城市。大概过了一个星期，岳母突然来了，说岳父在途中得了急病，她得去一趟，问能不能设法凑点路费。

"好的，好的。路费我给您凑，您赶快动身吧！"

那个痛苦地躺在旅店里的老人，那个站在火车里挨冻的老人，令健三发自内心地表示同情。他不曾去过，但能想象到身在遥远的天空下的寂寞。

"只是来了个电报，详细情况我也不清楚。"

"那就更不能放心了，尽早去一趟的好。"

好在岳父的病不重，但他的矿山事业却没了下文。

みちくさ

“没有说到底有没有把握吗？”

“有是有，但又说意见不统一。”

健三又向妻子询问了岳父竞选某大城市市长的事。活动经费好像是岳父的一位有钱的老朋友承担的。该市的几位有志之士去东京时拜会了一位著名的伯爵政治家，问起岳父是不是合适的人选，那位伯爵回答说：“他不太合适吧？”据说就是这句话把事情结束了。

“真叫人头疼啊！”

“总会有办法的。”

妻子比健三更相信自己的父亲还有后续方法。健三当然也相信岳父有怪力相助。

“我是关心才那么说的。”他没有说谎。

七十六

岳父再次来看健三的时候，两人的关系已经发生了微妙的变化。曾主动为岳母提供路费的女婿不得不后退一步，站在较远的地方望着岳父。他眼里闪现的既非冷淡，也非不在乎。他乌黑的瞳孔里闪过反感的电光。为了竭力掩盖这电光，他不得不给锐利的光芒覆上冷淡和不在乎，用以伪装。

如今，境遇悲惨的岳父竟变得如此殷勤。这两种截然不同的情况自然给健三带来了很大的压力。他不可能顶撞，只能控制自己的情绪。他必须忍耐，顶多也只能稍微表现一下自己的不满。他很无奈。对方困苦的现状和殷勤的态度，使他无法自然地表露情绪。他觉得岳父是在折磨自己；而岳父却觉得，如此拙劣的对策，对一般人都不适合，却暴露在女婿面前，实在是件难以忍受的糊涂事。不过，不知道内情的人如果看到这种情景，肯定会觉得真正糊涂的人是健三，就连了解情况的妻子也觉得丈夫不够明智。

"我是一次比一次难了。"

岳父第一次说这种话时，健三没有给他一个满意的答复。俄而，岳父提起某个经济界名人的名字。那人既是银行家，也是实业家。

"通过朋友的介绍，最近我见到他了，谈得很投缘。在日本，除了三井和三菱，就是他了，所以给他当个雇员也没什么不体面的。工作范围很广，我觉得应该会比较有意思。"

那个有钱人承诺给岳父的职位是关西某私营铁路公司的经理。他拥有那家公司的大部分股份，是那家公司最大的股东，所以他有根据自己的意志来选择公司经理的权力。但前提是，岳父必须拥有几十股或几百股股票，才有资格担任这个职位。这笔钱从哪儿筹措？健三无能为力。

"我求他把必须的股票转在我名下了。"

健三没有瞧不起岳父的才能，但对他的话抱有怀疑。诚然，从能使岳父及其家庭摆脱目前的困境这一点来说，健三不会不希望岳父成功。但他依然没有改变之前的立场。他礼节性地祝贺了一下，借此特地使心肠较柔软的部分变硬。老朽的岳父似乎完全没有注意到健三的变化。

"只是，往后更难办了，不能只顾眼前，毕竟没那么多机会。"

岳父从怀里拿出一张类似于聘用书的纸给健三，上面写着某保险

みちくさ

公司聘请他当顾问，报酬是每个月一百元。

"要是刚才跟你说的那事能成功的话……我还没想好是拒绝还是接受，不过，虽然只有一百元，也可以暂解眉燃之急。"

岳父曾因政府内定而辞去某官职。当时，政府说如果他想去山阴道任知事的话，可以调他过去，但他断然拒绝了。如今为了每月拿到一百元，他却并没有对那家生意和规模都一般的保险公司表现出嫌弃。境遇的变化对人的性格是会产生影响的。

岳父这种与健三相似的态度，有时会把健三从原有的立场上往前推，而当他意识到那种倾向时，又不得不往后退。他的自然之举，从伦理上讲，同时也是不自然的。

七十七

岳父是个实务家，只从工作本身来评价一个人。乃木将军[1]出任台湾总督不久，他就辞职了。当时，岳父对健三说："作为个人，乃木将军重情重义，很伟大；但作为总督，乃木将军是否真的胜任，我认为还有些问题和争议。个人的恩德能很好地传给亲近的人，但要给被统治的百姓带来福泽，似乎就有些力不从心。要做到这一点，到底是要能力的。没能力，人再好，也只能干坐着，什么也做不了。"

岳父在职期间，曾主管过某下属会的事务。那个会的会长是某

---

1 乃木希典（1849~1912）：陆军大将，明治天皇驾崩时切腹殉死。

侯爵。由于岳父的努力，该会的初衷在工作中得到了很好的贯彻，后来，约有两万元的余款存在他那里。与仕途绝缘后，不如意的事接踵而来，岳父最终还是动用了那笔存款，且不知不觉就用完了。为了维护自己的信用，他没有把此事告诉任何人。他每个月不得不设法筹钱来偿还那笔存款自然生出的近百元的利息，以保住自己的面子。这件事比维持家计更难。因此，能从保险公司获得那对维系官场生涯而言不可或缺的一百元钱，无疑是件越想越高兴的事。

健三是很久以后才听妻子说起此事的。他对岳父产生了新的同情，"岳父不道德"的憎恶感也得到了纠正，同时，他不再把与这种人的女儿结为夫妻视为耻辱。然而，关于这些，健三在妻子面前只字未提。妻子倒是常常跟他说这样的话——

"我呀，丈夫是什么样的人都无所谓，只要对我好就行。"

"小偷也无所谓？"

"嗯嗯，不管是小偷还是骗子，都无所谓，只要会疼妻子，这就够了。就算再了不起、再伟大，如果对自己的家人都不好，又有什么意义！"

妻子就是这种女人。健三也赞同她的说法，只是他的观察，像月晕一样渗出了妻子所指的意思。从妻子的话中，他听出妻子在指责他为了学问而忽视自己。然而，还有一种更强烈的感觉冲击着健三，那就是妻子不了解丈夫的心思，用这种态度暗暗为自己的父亲辩解。

"我才不会因为那种事而不管别人。"

他没有想过在妻子面前彻底为自己开脱，但仍然不忘反复用同一

みちくさ

167

句话辩解。

不过，健三认为自己与岳父之间自然产生的鸿沟，是岳父手段过分所致。正月里没有去岳父家拜年，只寄了一张写着"恭贺新年"的贺年卡。岳父表面上没有责怪，内心却无法原谅健三。他让十二三岁的小儿子歪歪扭扭地写了"恭贺新年"几个字，并以小儿子的名义给健三回了一张贺年卡片。健三很清楚，这是岳父以其人之道还治其人之身，但他并没有反省。

一事连万事，利滚利，子生子，两人的关系越来越疏远。

不得已犯罪和明知故犯是有天壤之别的。所以健三觉得，不怀好意的镇定更令人厌恶。

七十八

"是个不容易相处的男人。"

事实上，健三意识到自己确实有些不太好相处，但他讨厌别人这么想。他的神经对那些不计较他生气的人很快就能产生亲切感。如果人群中有这样的人，他可以很快分辨出来。只是他自己却没有这种胸怀。倘若这样的人出现在他眼前，他一方面会更敬重人家，一方面会痛骂自己。但如果别人骂他，他就会更激烈地回骂。

他和岳父就这样越来越遥远，隔阂越来越深。妻子的态度无形中加深了这条鸿沟，因为两人的关系变得越来越紧张，妻子心中的天平却渐渐倾向娘家。娘家必然会在暗中支持妻子，而从某种意义上说，这种支持显然就表示站在健三的对立面。如此，他和岳父只能越来越远。

妻子患有癔症，这反而成了他和妻子之间自然的缓冲剂。当两人的关系紧张到顶点时，妻子的癔症就会发作。有时，健三会把倒在通往厕所的走廊上的妻子直接抱到床上；有时看到妻子半夜独自蹲在开了一扇挡雨窗的廊檐边，他会走过去，从后边用双手把她扶起来带回卧室。在那种时候，妻子的意识总是恍恍惚惚的，跟做梦一样。她的瞳孔很大，外界像幻影一样映在她眼中。

健三坐在枕边盯着妻子的脸，眼里闪过不安。有时怜恤妻子的念头会战胜一切，他会把可怜的妻子的蓬乱的头发梳好；他会用湿毛巾细心地擦去她额头的汗珠；有时为了唤醒她，他还会朝她脸上吹气，或嘴对嘴给她喂水。

妻子以前癔症发作时比现在更严重，健三清晰地记得当初的情景。他夜里睡觉时，常用细绳子把两人的腰带绑在一起。绳子长约四尺，是为了翻身。这样过了许多个夜晚，妻子也不反对。有时，他为了阻止妻子身体后仰，用碗的底部压住妻子的心窝使劲按，弄得自己也冷汗直流。他时不时还会听到妻子的胡言乱语——

"天老爷来了！驾着五彩祥云来了！不得了啦！"

"我的宝宝死了，我死去的宝宝来了，我要跟他一起去！你看，他不是在那儿吗！在水井里，我要去看看！你放开我！"

流产后不久，妻子扒开健三紧抱着她的手，一边神志不清地胡说着，一边想要翻身起来。妻子病发使健三极度不安。他越是不安，通

みちくさ

169

常就越心疼，但比起担心，更多的是体恤可怜的妻子。他在柔弱可怜的妻子面前放低姿态，尽可能让她开心，而妻子也露出了开心的神色。他没怀疑妻子是否假装发病，也不会因为生气而不管她。妻子发病的次数并不妨碍他对妻子的关爱。虽然妻子每次发病，自己都备受折磨，但这并没有增加他的不满。

因此，对健三而言，妻子的病可以缓和夫妻俩的关系，而且很有效。遗憾的是，他和岳父之间并不具备这种重要的缓冲剂。所以，对于那一直存在的鸿沟，即使夫妻关系恢复正常，也没有办法填补。这种现象使人觉得不可思议，但的的确确存在。

七十九

健三讨厌不合理的事，他为此苦恼，可又没有解决办法。他的性格是认真中带着消极。

"那不是我的义务！"

他自问自答，且深信这是根本所在。他决计永远生活在不愉快中，对以后能否自然解决也不再预期。不幸的是，妻子在这方面也持消极的态度。她是个遇到问题愿意为解决而奔走的女人，有时别人委托她什么事，她比男人还热心，但只限于能看到或触到的具体事情。她觉得夫妻关系中根本不存在健三所说的那种事，也不觉得父亲与健三之间的隔阂有那么大。除非发生具体的重大变化，否则，她意识不到问题，只好听之任之。对于发生在自己、父亲，以及丈夫之间的精神状态的变动，她插不上手。

"可是，那也没有什么吧？"

妻子不断意识到这种暗流，而且一定会这么回答。她认为这个答案是最正确的，即使有时候健三听来觉得很虚伪，她也不会改口。到后来，她那股满不在乎的劲儿，把她的消极锻炼得比以前更甚。

夫妻俩在消极这一点上倒是形成了一致看法，即使在别人看来，这只能使不协调继续下去。这种一致性与两人根深蒂固的性格有着不可分割的关系，这样的结果不是偶然，而是必然。他们面对面地看着彼此的外貌，就能判断各自的命运。

岳父接过健三筹来的钱后走了。夫妻俩都没有把此事看得特别重要，反而谈起别的事来。

"接生婆说什么时候生？"

"没有说得很确切，不过快了。"

"准备好了吗？"

"嗯，都放在里屋的柜子里。"

健三不知道里面放了什么。妻子看起来很难受，艰难地大口喘气。

"老这么受罪，实在受不了，再不早点儿生的话……"

"你不是说这回可能会死吗？"

"是啊，死也无所谓，只希望早点儿生。"

"你好可怜……"

"行啦，我要是死了，那也是你的错。"

健三想起了妻子在遥远的乡下生长女时的情景。当时，他一脸不安和痛苦，听到接生婆叫他帮忙，他立即走进产房。妻子噬骨可怕的力量猛地咬住了他的手腕，接着像受刑的人一样呻吟起来。他能感觉到妻子身体所经受的痛苦，继而感觉到自己就是罪人。

"生孩子痛苦，看人生孩子也是件痛苦的事。"

"那就找个地方逛逛再回来。"

"一个人能行吗？"

妻子没再说话。

第二个女儿是健三出国期间出生的，他完全没有问起。他天生爱操心，妻子痛苦呻吟的时候，他不可能出去闲逛。

接生婆再次来时，他问："一周内吗？"

"也许会再推一推。"

健三和妻子就按这个准备着。

八十

妻子发出痛苦的呻吟声，惊醒了躺在旁边的健三。她感觉分娩期可能要提前。

"刚才肚子突然一下子痛起来……"

"是不是要生了？"

健三从寒冷的被子里露出头来看着妻子，从她的神情中看不出她的肚子痛到什么程度。

"要给你揉揉吗？"他懒得起来，只是随便问了一句。健三只有一次与生孩子有关的经历，而且忘得差不多了。他只记得妻子生大女儿时，这种痛像潮水涨落一样，反复了好几次。

"不会这么快生吧？不是痛一阵就会好的吗？"

"不知道怎么回事，越来越厉害了！"

妻子的表情明显印证了他的话。她痛得无法安静下来，脑袋在枕头上翻来翻去，身为丈夫的健三却束手无策。

"要叫接生婆来吗？"

"嗯，快点。"

健三想给专门的接生婆打电话，但家里没有那么方便的设备。情急之下，他也顾不上看时间，只能往最近的医生那里跑。

初冬的黑夜，离天亮还有一段时间。健三知道这个时候去敲门是给女仆添麻烦，可他不敢等到天亮。他终于拉开了卧室的隔扇，穿过生活间走到女仆的房门口，立即敲门把女仆叫起来，让她连夜去找人。

他回到妻子枕边。妻子似乎痛得更厉害了。他心里很紧张，每隔一分钟就去门口看一下有没有车来。

接生婆迟迟不来。妻子的连续不断的呻吟把深夜安静的屋子搅得不得安宁。不到五分钟，妻子宣布道："我要生了！"然后，伴随着她无法忍耐的惨叫，孩子降生了。

"挺住！"

健三连忙站起来，转身走到床边，却不知道该做什么。油灯在长灯罩里发出死寂的亮光，照着昏暗的卧室。健三放眼四周，只是

みちくさ

一片昏暗，连被子的条纹都看不清。

他觉得自己很狼狈。他想移灯照那个男人不该看的地方，又觉得难为情，只好在黑暗中摸索。突然，他的右手摸到了一种异样的、未曾接触过的物体，像凉粉一样富有弹性。那不过是一团连轮廓都看不清的肉块。他试着用手指轻轻触了触那个给他带来恐惧感的肉块。肉块不动也不哭。健三只是感觉，触摸的时候，那富有弹性的凉粉般的东西仿佛要掉下来。如果用手去抓或压，这个肉块肯定会崩裂。想到这里，健三害怕地把手一下子缩了回来。

"可这么放着，孩子会感冒冻坏的！"

他不知道孩子是死是活，但这种担心却涌上了他的心头。他猛地想起妻子说过分娩所需的东西都放在柜子里。于是他打开身后的柜子，从那里拽出来很多棉花。他不知道那就是所谓的脱脂棉，只是一个劲儿地扯碎了盖在那个柔软的肉块上。

八十一

就在那时，接生婆终于来了。健三这才放了心，回到自己的房间去。

天很快亮了，婴儿的哭声划破了寂静的天空。

"孩子和大人都平安，可喜可贺。"

"是儿子，还是女儿？"

"是女儿……"接生婆似乎觉得有点儿遗憾，只说了半句话。

"又是女儿啊！"

健三有些失望。第一个是女儿，第二个也是女儿，这次还是女儿，他一下子成了三个女儿的父亲，心里不免责怪妻子：这么一个劲儿地生女儿，不知道她是怎么想的！但他没有想过自己对此也负有责任。

在乡下出生的大女儿，出生时是个皮肤细嫩的漂亮姑娘。健三经常用婴儿车推着女儿在街上走。见女儿在车里睡得像个小天使，他就把女儿推回家。可后来却发生了令健三意想不到的变化。他从国外回来时，大女儿和其他人一起到新桥车站接他，见到久违的父亲，她竟然失望地对旁边的人说："我还以为我爸有多好看呢！"健三的长相确实令大女儿失望，但大女儿也变得难看了，脸越来越小，轮廓也不丰满。大女儿就像一面镜子，清晰地照出了健三难看的容貌。二女儿一到年初，头上就长疱。听说是不通风的缘故，夫妻俩就把她的头发"咔嚓咔嚓"全剪了。二女儿下巴短，眼睛大，像海里的妖怪，她羞得不敢出门。

夫妻俩一心指望第三个孩子能长得漂亮些，并不是偏心。

"怎么一个个都生成这样！到底在干吗！"

健三产生了这种不近人情的想法，这话不光指孩子，还多少含着责怪妻子的意思。出去之前，他向卧室里看了一眼，妻子安静地躺在换洗干净的床单上，身边的孩子包在厚厚的新棉被里，像个附属品。孩子的脸红彤彤的，那感觉与健三昨晚在黑暗中摸到的凉粉似的肉块完全不一样。

みちくさ

　　房间已经收拾干净，连个脏物的影子都看不到。昨晚的记忆就像一个无痕的梦。

　　他对接生婆说："被子换过了？"

　　"嗯，被子、床单都换过了。"

　　"收拾得挺快呀！"

　　接生婆只是一个劲儿地笑着。她的声音和态度有点儿像男人，从年轻时起就单身。

　　"你把脱脂棉都用掉了，后来我都不够用，急死了！"

　　"是吗？我当时是真被吓坏了。"

　　健三嘴上这么说，心里却没有半丝过意不去。此刻他更放心不下的是出血过多而脸色苍白的妻子。

　　"怎么样？"

　　妻子微微睁开眼，朝健三轻轻点了点头。

　　健三出去了。回来时，他没来得及脱外套，就坐到了妻子的枕边。

　　"怎么样？"

　　这回妻子没有点头。

　　"总觉得不太好。"

　　和早晨不一样，她的脸色看起来像在发热。

　　"不舒服吗？"

　　"嗯。"

　　"让女仆去叫接生婆吧？"

　　"应该快到了。"

　　接生婆确实该来了。

八十二

不一会儿，体温计被放到了妻子的腋下。

"有点儿烧。"

接生婆说着把刻度柱中的水银甩下去。她似乎不爱说话，连"为慎重起见，要不要请妇产科医生来看看"这样的话都没说就走了。

"不要紧吧？"

"怎么样了？"

健三没有这方面的知识。发热不是会引起产褥热吗？他脑子里突然冒出可怕的想法。反倒是妻子，她很相信母亲花钱请的接生婆，跟个没事人似的。

"怎么样了？那不是你的身体吗？"

妻子没有回答。健三觉得妻子好像一副死也无所谓的样子。

"我这么担心她，她却……"

这种感觉一直持续到第二天。健三像往常一样，一大早就出门了。下午回来时，知道妻子的烧已经退了。

"果然什么事都没有！"

"是啊，不过，说不定什么时候还会发烧。"

"生完孩子会时而发烧，时而退烧吗？"

みちくさ

健三很认真地说道，妻子脸上露出一丝冷笑。

好在妻子没有再发烧，产后还算顺利。妻子要在床上度过三个星期，期间，健三常到她枕边陪她说话。

"你不是一直说这次会死吗？不是好好活着吗？"

"我要是想死，随时都可以。"

"那就随你的便啊。"

尽管她对自己的生命不在乎，但听着丈夫半开玩笑的话，她不禁回想起当时那种切切实实的危机感。

"我的确想过这次会死。"

"为什么？"

"不为什么，只是想想而已。"

她心里想着"死"，分娩时却反而比一般人轻松。事实和预想正好相反，妻子对此却没有多作思考。

"你太大意了！"

"你才大意呢！"

妻子开心地看着躺在身旁的小婴儿，还用手指按了按她的小脸蛋儿逗她。小婴儿的眼睛、鼻子好像没有成形似的，看上去有些奇怪。

"就因为孩子小，生起来才轻松。"

"以后就长大了。"

健三突然想，这个小肉块将来也会长成妻子这个样子，虽然很遥远，但只要中途不夭折，那一天肯定会到来。

"命运真是个难以理清的东西啊。"

健三突然说这话，使妻子摸不着头脑。

"你说什么？"

健三又重复了一遍。

"你这是怎么了？"

"什么怎么了，事实罢了。"

"无趣！老说些人家听不懂的话，有意思吗？"

妻子没再理丈夫，把孩子抱到身边。

健三没有表现出不耐烦，转身钻进了书房。除了没有死成的妻子和健康的小女儿，健三心里还挂着欲辞职却又不能辞职的哥哥、因气喘病而将死不死的姐姐、努力谋求新职务但尚未得手的岳父，还有岛田和阿常，以及自己与这些人之间的种种。

八十三

孩子们是最开心的。两个姐姐就像得到了一个活娃娃似的，一有空就凑到刚出生的妹妹身旁。哪怕妹妹只是眨个眼睛、打个喷嚏或是打个哈欠，都使孩子们感到新奇。

"以后会怎么样呢？"

一家人忙于应付眼前的事，还未考虑过这个问题。孩子们连自己现在怎么样都不知道，更别说考虑以后会怎么样了。从这个意义上说，孩子们离健三比离妻子更远。他每次回来，往往还没脱外套就站在进门处默默地看着一帮孩子。

みちくさ

"别挤成一团！"

他有时脚跟一转就往门外去，有时也会连衣服都不换就盘腿坐下来陪孩子们。

"烫壶对孩子不好，拿出来，孩子才几岁！"

什么都不懂的他却总发牢骚，反倒常遭妻子嘲笑。

孩子们一天天长大，可他从没想过要去抱抱她们。每当看见孩子们和妻子挤在一间屋子里，他心底常会生出另一种心情。

"孩子毕竟是属于女人的。"

妻子回过头来，用惊讶的神色望着丈夫。她突然意识到，丈夫是在暗指她无意间所做的事。

"怎么突然说这么没头没脑的话？"

"不是吗？你们女人不就想借机报复丈夫吗？"

"净瞎说！孩子们亲近我，那是因为你不关心她们。"

"是你不想让我亲近她们吧？"

"随你怎么说！你能说会道的，都是你有理，谁也说不过你！"

健三很认真地在想这件事。有理也好，能说会道也罢，他都没想过。

"心眼多可不是好事。"

妻子翻过身去背对着他，眼泪扑簌簌地落在枕头上："别那么欺负人……"

看到她委屈的样子，孩子们也快哭了。健三很郁闷，他知道自己被征服了，不得不对尚在月子里的妻子说些安慰话。不过他对此事的看法和对妻子的心疼是两码事。他替妻子擦去眼泪，但并不代表这眼泪改变了他的看法。

夫妻俩再次面对面时，妻子指出了丈夫的缺点。

"你为什么不抱抱孩子？"

"我是担心会有危险，万一把孩子的脖子扭了什么的，那可不得了。"

"胡说！你是因为对老婆和孩子没感情。"

"可是你看啊，孩子那么软，哪是我这个没有抱惯孩子的男人能抱的啊！"

婴儿的身体确实软得连骨头在哪儿都找不到，但妻子并不认同他的说法。她想起来了，健三是在大女儿出水痘时突然转变的态度，她拿这件事作为依据。

"在那以前，你每天都会抱孩子，但自从女儿生了水痘，你突然就不抱了，不是吗？"

健三并不想否认这一事实，但也不想改变自己的看法。

"反正女人都有自己的'技巧'，这也没办法。"

他对这一点深信不疑，并且明白自己不是一个能从一切"技巧"中获得解放的自由者。

八十四

妻子经常躺在床上看从书店借来的小说解闷。那些书放在枕边，封面是用脏乱的马粪纸做的，偶尔也会引起健三的注意。

みちくさ

181

"看这种书有意思吗?"他问。

妻子感觉健三是在嘲笑她文学趣味低。

"不行吗?你觉得没意思,但我觉得有意思呀。"

她意识到自己和丈夫在各方面都存在隔阂,所以不想继续说了。

嫁给健三之前,她接触过的异性也就父亲、弟弟,以及进出府邸的两三个人,而且那几个人都和健三不同。她从那几个人身上抽象出了对男性的认识,然而到了健三这儿却发现,丈夫与自己预想的完全相反。她觉得有必要确认一下哪种认识才是正确的。她很自然地把父亲这边的人当作真正的男性代表。她想得很简单,确信既然丈夫受过教育,那他以后一定会成为父亲那样的人。

然而,事实却恰恰相反。健三很顽固,妻子也认死理,因此互相看不起。无论做什么事,妻子都以父亲为标准去要求丈夫,对丈夫总有些不满,而丈夫则因得不到妻子的认同而耿耿于怀。冥顽不灵的健三甚至毫无顾忌地公开表现出自己对妻子的蔑视态度。

"那你教教我啊,别老觉得别人都是笨蛋!"

"是你自己不要人教的啊。你觉得自己很厉害,我能怎样!"

妻子觉得两人都不会盲目听从对方,丈夫觉得妻子终归是无法引导的。夫妻俩从很早以前就一直为这种老问题而反复争吵,但始终没个解决办法。健三有些厌烦了,把磨损了的租借书籍一扔。

"我不是不让你看书!算了,随你的便吧!不过,还是要注意眼睛。"

妻子最喜欢的是缝纫,晚上睡不着的时候,不管是一点还是两点,她都会在油灯下细心地做针线活。前两个女儿出生时,她凭着年轻时的那股劲儿，很快就能做出一件衣服来，但却严重损坏了视力。

"老拿针对身体不好，看看书总没什么问题吧？又不是一直看。"

"最好不要等到眼睛累了才休息，不然以后会有你苦恼的时候。"

"没关系的。"

妻子还不到三十岁，还体会不到过分劳累的意思。她笑了笑，不再说话。

"就算你不苦恼，我也会苦恼。"

健三故意说了这么一句自私的话。每当见妻子对他的提醒置若罔闻，他就特别想说这种话。妻子以为这又是丈夫的怪癖。

健三的字写得越来越小了。最初，他的字有苍蝇头那么大，渐渐地缩得只有蚂蚁那么大了。至于为什么非要写得这么小，他完全没有思考，只顾用钢笔在纸上瞎写无聊地写着。阳光微弱的黄昏的窗下，昏暗的油灯闪现着灯火的影子。他一有空就坚持写字，甚至不惜自己的眼睛。他知道提醒妻子，却不知道告诫自己。他不认为这两者有什么矛盾，而妻子似乎也没有在意。

八十五

妻子可以下床时，冬天已经在荒凉的庭院里立起了霜柱。

"太荒凉了，今年比往年要冷啊！"

みちくさ

"是因为你贫血才会这么觉得吧。"

"也许吧！"

妻子像突然意识到这一点似的，把手伸向火盆，看着自己手指的颜色。

"照照镜子吧，看看脸色就清楚了。"

"嗯，我知道。"她把手从火盆上收回来，在自己苍白的脸上摸了两三下，"不过还是很冷呢，今年。"

健三觉得妻子并没有听懂自己的话，因此觉得妻子很可笑。

"冬天嘛，哪有不冷的？"

他笑话妻子。其实，他比别人更怕冷，尤其是最近，身体处在严重的寒冷中。他不得不在书房里放一个被炉，以防止寒气从膝下渗到腰身上来。他不知道神经衰弱也可能引发这种感觉。在不爱惜自己的身体这一点上，他和妻子是一样的。

每天早晨送走丈夫后，妻子便开始梳头，常有长发掉落。每次梳头，她都带着惋惜的心情，凝视着绕在梳子上的头发。脱发对她来说，似乎比贫血更可怕。

"我孕育出了新生命，换来的却是自己日益衰老。"

她不时发出这种感慨，但她不具备把这种感慨归纳成理论的头脑。那感慨交织着建立功绩的自豪和受到惩罚的怨恨，无论如何，她把全部的爱都寄托在了新生的孩子身上。她能把让健三不知所措的软软的婴儿巧妙地抱起来，并用嘴唇去吻那圆嘟嘟的脸蛋儿。这种时候，她能感觉到，孩子是从自己身上分离出来的肉。她把孩子放在身旁，自己则坐在裁衣板前。她不时停下手里的活看看孩子暖融融的脸，似乎不太放心。

"这衣服是给谁做的？"

"还是这孩子。"

"这么多，穿得了吗？"

"嗯。"

妻子默默地飞针走线。健三终于像发现了什么似的，注视着放在妻子腿上的花料子。

"这是姐姐送的吧？"

"嗯。"

"真是多此一举。既然没钱，别买多好。"

姐姐是觉得，健三给她钱，她要是不买点儿礼物，实在过意不去。但健三无法理解姐姐的心情。

"这跟我自己花钱买有什么区别！"

"可姐姐觉得这是应该的，我们也没办法。"

姐姐是个过分恪守人情世故的女人。每次收了人家的东西，她都要在回礼上费一番心思。

"无法理解。姐姐时时不忘人情，可她根本不懂什么是人情。与其讲究形式，不如提防着比田，别让他拿走自己的钱，那不是更好吗！"

妻子对这种事不上心，也没有勉强为姐姐辩护。

"礼尚往来嘛，随她去吧！"

健三去拜访别人几乎从不带礼物。他面带疑惑，目不转睛地望着妻子腿上那块薄薄的毛衣料。

みちくさ

185

八十六

"怪不得我听说，大家都愿意给你姐姐家送东西呢。"妻子望着健三，突然说道。

"人家给她十，她定会还人十五。大家都摸透了她的性格，送东西也都冲着这个目的。"

"就算是十五还十，最多也不过是五角变成七角五啊。"

"对他们那种人来说，已经够多的了！"

在别人看来只沉醉在笔记和小说的世界中的健三，连世上还有那种人都不曾想过。

"交际还真是麻烦！不无聊吗？"

"置身事外是觉得无聊，可要是进了那种场合，也就没办法了吧？"

健三在努力回想：临时得来的三十元钱是怎么花光的？一个多月前，他受一位朋友所托，为杂志写了一部长篇小说[1]。此前，他除了写小字笔记，没有做过其他事。对健三来说，那部长篇小说只是他从不同角度发散思维的一种尝试。他全凭着自己的兴趣来写，根本没想到还有报酬。当约稿人把稿酬放到他面前时，那份意外的收获

1　长篇小说：隐指夏目漱石为杂志《子规》写的小说《我是猫》。

令他格外高兴。

健三一直因客厅不够高雅而苦恼，拿到稿酬后，他忙跑到团子坡专做硬木家具的木匠那里定做了一块紫檀挂匾。他从朋友从中国大陆带来送给他的《北魏二十品》的拓本中选了一幅装裱在里面，挂在壁龛里，还用细长的斑竹做了一个环绕在匾额四周。大概因为竹子是圆的，无法紧贴墙壁，所以即使没有震动，匾额看上去也是歪的。

他又到谷中的陶器店买了一个高约一尺、内里为淡黄色、表面绘有粗大的花草图案的红色花瓶。他把花瓶摆在壁龛里，然而大花瓶与摇晃着的小匾额显得极不相称。他望着这不协调的搭配，目光中难掩失望，然而心里又固执地认为总比什么都没有强。对于没有时间去讲究品味的他来说，只能在不满足中求满足。

然后，他又到本乡街的一家绸缎店去买衣料。他对纺织品一窍不通，只好从掌柜拿给他的料子中随便挑选了一种，他觉得闪闪发亮的碎花白绸子要比不发亮的好。掌柜建议他用这布料做一套礼服和一件和服。于是，他抱了一匹崎绸[1]出了布庄，但其实他连"伊势崎绸"这名称都没听说过。

他给自己买了这么多东西，却完全没有考虑别人，连刚出生的小女儿都没有放在心上。他把那些生活比自己更艰难的人忘了个精光。与格外重人情的姐姐相比，他已经丧失了对可怜的人应有的同情。

"宁可自己吃亏也要竭尽情理，那种人当然很伟大。但姐姐天生爱慕虚荣，不那么伟大反而更好。"

---

1 崎绸：群马县伊势崎出产的一种丝绸料子。

"难道就没有一点儿亲切感吗?"妻子问。

"怎么说呢⋯⋯"

健三不得不认真地想了想,毫无疑问,姐姐是个使人亲切的女人。

"也许是我自己没心没肺吧!"

八十七

这次的谈话对健三来说尚是新记忆的时候,他接受了阿常的第二次来访。

和第一次见面时差不多,她穿得很寒酸。也许是因为天冷,她穿了棉背心吧,看上去比上次更加臃肿。健三连忙把待客用的火盆向她那边推了推。

"不用了,今天还好,暖和多了。"

外面柔和的阳光,在拉门的玻璃上闪着微薄的光。

"您年纪一天天大了,身体倒是越来越健朗。"

"嗯,托您的福,身体还不错。"

"那就好。"

"只是家里的境况一天不如一天。"

健三对那些晚年发胖的人的身体状况抱有怀疑,至少他认为不太正常,令人担心。

"她是不是还在喝酒?"他暗自猜测。

阿常身上的衣服都旧了，和服和短褂不知道洗过多少次了，但还有丝绢的光泽，只是显得很硬。她不管衣服多旧都要洗，从中也可看出其性格。健三望着她那肥胖而又寒碜的背影，知道她的生活应该和她说的一样。

"现在什么事都不好办呀！"

"像我们这样的人都感到为难的话，世上就没有什么是不为难的了。"

健三无心辩解，只是觉得，阿常似乎以为健三身体比她好，就像以为健三比她有钱一样。但事实上，健三的健康状况并不好。他已经隐约地意识到了这一点，但没有去看医生，也没有跟朋友提起，只是一个人默默地忍受着痛苦。每次想到自己的身体状况，他就感到心烦。有时他甚至会生气地想，别人把自己弄得这么虚弱，却没有人同情自己！

"也许大家觉得我年轻，只要生活上没什么不便，那就是健康的。见我住的是独门独院，还请了女仆，他们就觉得我一定很有钱。"

健三默默地看着阿常，偶尔也欣赏一下新装饰在壁龛里的花瓶和上面的挂匾，甚至还想到最近就可以穿上发亮的新衣服了。自己对这老太婆怎么就没有丝毫的同情呢？真是奇怪！

"大概是我自己不近情理吧。"

他曾在姐姐面前反省过，此时此刻心里也是这么想的，但他想不出自己究竟为什么会这么不近情理。

阿常说了许多那个和她一起生活的女婿的事。她和很多人一样，最在意女婿的本事。她所认为的"本事"，就是指每个月的收入。在

みちくさ

她眼中，能衡量一个人的价值的，就是钱。在广袤的世界上，再也找不出其他东西能够和钱一样衡量一个人的价值。

"说来说去，还不是因为收入太少！可是有什么办法呢？要是能多挣点儿……"

她在健三面前不说女婿笨或无能，只说女婿每个月的付出和所得。这就像只顾量衣料的尺寸，却忽视衣料的花色和质地一样。但不巧的是，健三心里完全是另一种盘算。他不愿用同样的尺度来衡量自己，因此，对阿常的满腹牢骚，他只是冷眼相待。

八十八

聊得差不多了，健三站起来走进书房，拿起放在桌子上的钱包，悄悄把钱数了数，发现里面有一张五元的。他拿着钱回到客厅，把钱放在阿常面前。

"实在对不起，您回去的时候雇辆车吧。"

"让你这么费心，实在过意不去，我来不是为了这个……" 她边推辞边把钱揣进怀里。

健三的用意和上次一样，阿常接钱时说的话也和上次一样。说来也巧，连钱的金额都是一样的。

"要是她再来，如果没有五元的钞票可怎么办！"

健三的钱包里就这么点儿有限的钱，还经常得不到充实。这一点大概只有钱包的主人最清楚，阿常是不会知道的。他突然意识到，如果阿常第三次来，他还得给她五元钱。他一下子不知所措起来。

"怎么觉得她每来一次，我就得给她五元钱，这跟姐姐讲究不必要的人情不是一样吗！"

妻子正在熨衣服，一副事不关己的样子。听到健三的话，她停住手中的活道："没有钱的话，不给就行啦！没必要图那个虚荣。"

"我知道！没钱的时候还给什么！"

对话立即中断了，只能听到妻子把熨斗里的炭倒进火盆的声音。

"你的钱包里，今天怎么会有五元钱呢？"

买那个与壁龛不相称的红色大花瓶花了四元多；做挂匾花了近五元；当时，他还看上了一个紫檀书柜，木匠说可以把价格让到一百，问他买不买，他像得到了宝贝似的，从怀里掏出一小半定金交给了木匠；买那匹发亮的伊势崎绸花了十元。——从杂志社赚来的稿费就这么花掉了，最后只剩下一张有污垢的五元了。

"其实，还有东西要买。"

"你还打算买什么呀？"

健三在妻子面前没法说出那特殊的东西的名称，只是说道："很多呢！"

简单的回答，包含着无尽的含义。妻子与健三的爱好不同，也懒得刨根究底，她问了他另一件事。

"那老太婆看起来比你姐姐要沉稳些，如果她在这里碰上那个叫岛田的，应该不至于像过去那样吵起来吧？"

"没有碰上是走运。如果他俩同时在客厅，那还真叫人受不了。就算分别来这里，都已经够我受的了！"

"现在还吵架吗？"

"吵架不至于吧，我就是觉得烦。"

"他们应该都不知道对方单独来过这里吧？"

"怎么了？"

岛田从来不提阿常。阿常对岛田的事也绝口不提，这倒是出乎健三的预料。

"那老太婆比那老头要好。"

"为什么？"

"因为她拿了五元钱就悄悄地走了呀！"

岛田每来一次，要求就高一次，而阿常倒是和之前一样。

八十九

没过几天，当钟情于女人的岛田再次出现在健三家的客厅里时，健三立即想到了阿常。他们俩不是天生的仇敌，过去自然也有非常和睦的时候。当时，不管别人怎么说他吝啬，他最终还是攒了点儿钱，那样的生活多惬意，未来又是多么充满希望！可是，那笔钱作为他们和睦相处的唯一纪念物却不翼而飞了，之后他们对自己梦一般的往昔又是怎么看的呢？

健三差点儿和岛田谈起阿常的事。可是，岛田对以前的事似乎很麻木，好像已经全忘了。看来昔日的憎恨、旧时的爱恋，都和当时那笔钱一起，从他心里消失了。

岛田从腰间摸出烟盒，把烟丝装进烟袋锅里。敲烟灰的时候，他用左手心接着烟管，没有直接敲在火盆边上。烟管里像积满了烟油似的，抽的时候发出"嗞嗞"声。他在怀里乱摸了一通，然后才对健三道："能给一点儿纸吗？烟管堵住了。"

他把健三给的日本纸撕开，捻成一条，往烟管里捅了两三次。健三默默地注视着他熟练的动作。

岛田一边高兴地吹着疏通了的烟管，一边说道："快到年底了，你一定很忙吧？"

"我们这行，一年到头都是一个样，不分年底年初。"

"那多好，一般人都做不到的！"

他正要继续往下说，孩子在里屋里哭了起来。

"哦，是孩子吗？"

"嗯，刚出生的。"

"那可是大喜呀！我竟然一点儿都不知道。男孩还是女孩？"

"女孩。"

"哦，恕我冒昧，这是老几呀？"

当时，岛田只顾问这问那，完全没有在意健三在想什么。

四五天前，健三看到一则刊登在外国杂志上的统计，说是随着婴儿出生率的上升，老人的死亡率也会上升。当时，他就奇怪地琢磨："某地降生一个孩子，另一地就会死去一个老人……也就是说，为了给孩子找一个替身，有人非死不可。"

みちくさ

这个想法像梦一样模糊，又像朦胧诗一样浸进他的大脑。如果一定要往下追寻，那么，这个替身首先是孩子的母亲，其次是孩子的父亲……但眼下健三还不想走这一步，只是下意识地注视着面前的老人。这个老人连活着的意义都不懂，作为替身，他无疑是最合适的。

"他怎么这么健康呢？"

健三顾不上思考这种想法是多么冷酷无情。他的健康比一般人还不如，而老人却是事不关己的样子，健三心里有气。

突然，岛田道："你家是喜事临门，可阿缝却还是走了。"

从那个病本身来看，大家早就知道她性命难保。可是，当再次提起此事，健三突然觉得她实在可怜。

"是吗？真是太可怜了！"

"其实也好，病就是病，终归是难治好的。"

岛田神情淡然，还吐着烟圈，好像已经把死看得很轻。

九十

对岛田来说，阿缝的不幸去世给他造成的经济影响，比阿缝去世这件事本身更严重。健三的猜测很快变成了现实，并且在他眼前发生了。

"这件事你一定要听我说，不然，我真是不知道怎么办了。"

岛田来到健三面前，紧张地看着他。健三不听也能猜到他大概要说什么。

"又是钱吧？"

"是啊，是啊。阿缝死了，柴野和阿藤也就没有什么关系了。我总不能像过去那样，让人家每个月给我钱吧？"岛田的话虽粗俗，却很诚恳。

"以前一直给我们寄金至勋章的养老金，可现在这笔钱是完全没指望了。我是真的没办法了。"接着，他又换了个语气道，"事到如今，除了你，也没有别人会管我了。如果你能想办法帮我的话，我真的很感谢。"

"这么纠缠人家也太不像话！再说，我也没有理由一定这么做呀！"

岛田紧盯着健三的脸。他的眼神里一半是试探，一半是威胁。但这只能加剧健三的反感。岛田注意着健三的反应，知道事情有闹僵的危险，于是忙岔开话题，小心地说道："还有时间，以后再说吧，你先想办法帮我应急吧？"

健三不知道他有什么难处需要自己帮忙。

"这个年总得过吧？眼看就到年底了，谁不得凑个一二百呀？"

健三心想：你怎么过是你的事。

"我没那么多钱。"

"别说笑了，你住这么大的院子，说凑不出这点儿钱……说得过去吗？"

"你觉得我有也好，没有也罢，总之，我说没有就没有。"

"还是我来说吧。听说你每月有八百元的收入？"

健三对岛田这种无理的讹诈，与其说是愤怒，不如说是吃惊。

"八百也好，一千也好，那都是我的，与你无关。"

话说到这个地步，岛田不好再说什么了。他完全没料到健三会这样打发他。他头脑简单，除了死乞白赖，对健三没有别的办法。

"你的意思是，不管我多困难，你都不肯帮我了，是吗？"

"是的，分文没有！"

岛田站起来，走到换鞋的地方。他打开拉门，又把它关上，回头道："我不会再来的！"

岛田留下这句话，带有"这是最后一次"的意思。健三站在门槛上朝下看。透过茫茫夜色，他能清楚地看见老人眼里的光，只是看不出任何凄凉、恐惧或害怕。健三的眼里满是愤怒，用这种光把老人的挑衅顶回去，绰绰有余。

妻子在远处偷偷注视着健三。

"究竟怎么啦？"

"随他去吧！"

"还会再来要钱吗？"

"谁给他呀！"

妻子微笑着，露出了和偷看丈夫时一样的神态。

"老太婆要得少，间隔也长，而且她自己没断过流，倒也不必太担心。"

"岛田吧，应该不会就此罢休。"

健三冒出这么一句，脑子里猜测着下一幕上演的会是什么戏。

九十一

　　健三沉睡的记忆被唤醒了。他用置身于新环境中的人特有的锐利的目光，仔细分辨着自己被领回家后的种种往事。

　　对于生父来说，健三是个累赘。生父似乎不把他当亲生儿子，总是板着面孔，认为自己不该把这样一个废物领回来。这种态度和健三以往的感受截然不同，使得他对生父的感情连根枯竭了。养父对自己始终和蔼可亲，而生父却十分刻薄。这一对比起初使他感到奇怪，接着感到厌恶。但他还不懂"悲观"。他那随着成长而迸发出来的蓬勃的朝气，不管怎么压制，还是勇敢地抬起头来了。他就这样挺了过来，没有产生忧郁情绪。

　　生父有好几个孩子，对健三却毫不关心。他觉得，既然没想过往后从孩子那里得到好处，那么即使为孩子花一分钱也是浪费；健三是亲生儿子，不得不领回来，可要是除了给他饭吃，还要照顾他，那就亏得太大了。

　　而且，人虽领回来了，可其户籍并未复原。不管怎么细心抚养，必要时，人家还是可以把他带走，到时自己只落个竹篮打水一场空。

　　"给他饭吃，那是没办法。但其他的事，就不归我管了，应该由对方负责。"

这就是生父的解释。

岛田也不愧为岛田，他只顾着为自己考虑，静观事态发展。

"管他呢！他把人领回去自己抚养，也算是好事。等将来健三长大成人了，可以做事了，即使打官司，也要把他夺回来。这就行啦！"

健三既不能待在海里，也不能住在山上。两边把他推来推去，他只能在中间打转。正因为这样，他既吃海味，也拿山货。

无论是生父，还是养父，都没有把健三当独立的人来对待。他们都把他当成一件物品，唯一的差别是，生父把他当破烂货，而养父却盘算着往后会有点儿什么用处。

"既然将来你还是要回来的，杂务还是要你干的，你就做好思想准备吧。"

有一天健三去养父家，岛田不知为什么顺便说了这话。健三吓得连忙往回跑。一种残酷的冷漠感，使健三幼小的心灵产生了依稀的恐怖。他不记得自己当时是几岁。他下决心要通过学习，使自己成为社会上顶天立地的人，而当时正好是这种欲望的萌芽露出头的时候。

"我才不要做杂工！"

他在心里反复念叨这句话。好在没有白念叨，他总算没有当杂工。

"可是，我是怎么成功的呢？"

想到这里，健三感到不可思议。这种想法多少掺杂着自鸣得意，就像斗鸡的人巧妙地斗赢一样，因为他把未竟的事业看成了大功告成。

他把过去和现在进行了对比，想着自己是怎么从过去发展到现在的，却忘了自己正在为现在犯难。

他与岛田的关系破裂了，这是托现在的福；他厌恶阿常，没有被姐姐和哥哥同化，也是托现在的福；与岳父越来越疏远，无疑还是托现在的福。可是从另一方面看，自己孤身处在现在这个和谁都合不来的境地，又是多么可怜。

九十二

"反正没有能让你满意的人！在你眼里，世界上所有的人都是笨蛋。"

健三对这样的讽刺无法做到一笑了之，内心剧烈地翻腾着。周围的一切令缺乏风度的健三感到越发难受与拘束。

"你是觉得，人只要能干就行，是吗？"

"不是吗？无能真的无所谓吗？"

岳父是个能干的人，妻弟在这方面也很灵活。而健三生来就是笨手笨脚的人，甚至连搬家这样的事也帮不上忙。大扫除的时候，他也只是袖手旁观，连捆个行李，都不知道怎么个捆法。

"亏他还是个男人！"

他不懂得变通，在旁人眼里，迟钝得就像个傻瓜。因此，他越发愚笨，自己在这方面的能力也渐渐降低了。他曾有过这样的想法——他想把妻弟带到自己所居住的乡下去培养。在健三看来，那个妻弟傲慢无礼，在家里横行霸道，对谁都不客气。那时，家里曾给他请过一位学士，每天指导他功课，他竟然在老师面前盘腿坐着，并且还肆无忌惮地直呼老师的名字。

"总不能老这样吧？要不交给我吧，我把他带到乡下去培养。"

岳父默许了健三的要求，把儿子交给健三后，也就不管不问了。岳父虽然看着儿子在眼前胡作非为，但好像并不为他的未来担心。不光是岳父，岳母也很淡然，妻子更是丝毫不放在心上。

"到了乡下，如果他和你发生什么冲突，把关系闹僵了，那以后就更不好办了，我看还是算了吧？"

健三觉得妻子的话并非没有道理，但又似乎隐约带着别的意思。——"他又不傻，没有必要那么照顾他！"根据健三对妻子的了解，他觉得这才是妻子真正要表达的意思。

妻弟当然不傻，相反，他非常聪明，对于这一点，健三也非常清楚。如果把他对妻弟的教育理解为他是为了自己和妻子的未来，那就大错特错了。遗憾的是，这一点至今还不能得到岳父、岳母以及妻子的理解。

"能干未必有才能，这一点都不懂，真不知道这么多年你是怎么活的！"

健三对妻子说话时，总带着一种不可冒犯的丈夫的威严。这使妻子觉得很受伤，露出不满的神色。

等心情稍微平静些，妻子说："不要一说话就气势汹汹的！说得简单明白些不是更好吗？"

"说得太简单明白，你又会觉得我只知道讲大道理。"

"所以要讲得更简单明白些呀！别总讲些深奥的大道理，说了我也听不懂。"

"那我怎么说都说不明白。这跟让人做算术又不许人用数字有什么区别呀！"

"可你的那些道理，除了让别人觉得你的道理是对的以外，其他的什么也没有。"

"那是因为你太笨。"

"我脑子是不太好使，但用那种毫无意义的大道理来得到别人的赞同，实在叫人讨厌！"

两个人又开始在同样的问题上争论。

九十三

夫妻俩面对面躺着，感情却不融洽。妻子转过身去，看着睡在身边的孩子。她若有所思地把孩子抱起来。

她和那章鱼一般柔软的肉块之间，既不存在理论的障碍，也没有空间的隔阂，她所接触到的完全是自己的一部分。她把温暖的心倾注在小宝贝身上，毫不顾忌地嘴对嘴亲吻着那小生命。

"你不属于我，但这孩子是我的。"

从她的态度就能清楚地看出这种想法来。

孩子的相貌特征还不明显，也一直没有长出像样的头发。平心而论，怎么看都像个怪物。

　　"真是个怪胎！"健三说出了心里话。

　　"谁家的孩子出生时不是这个样子！"

　　"不一定吧……应该会好看一些吧？"

　　"你等着吧！"妻子信心满满地说道。

　　健三没有把握，他只知道妻子为了这个孩子，晚上不知要醒来多少次。他也知道，妻子虽然为孩子而牺牲了自己最要紧的睡眠，但从来没有不高兴。他甚至想不明白，为什么母亲比父亲更加疼爱孩子呢？

　　四五天前，发生了一次稍强的地震，他被吓得连忙从走廊跑到院子里。当他回到客厅时，没想到妻子当面指责他太自私，只顾保全自己，不知道顾念别人。

　　健三没有首先想到孩子的安危，妻子对他的做法很不满。健三一时慌乱做出的行为，没有想到会遭到妻子如此严厉的指责，所以大为吃惊。

　　"即使在那么危险的时刻，女人也会首先想到孩子吗？"

　　"当然！"

　　健三感觉到，自己是多么不通情理。然而，看着妻子把孩子抱得像要据为己有，他又冷眼相待，心想："说不通道理的人，怎么开导也是于事无补。"

　　过了一会儿，他的思维发散得更广阔了，从现在延伸到了遥远的未来。不管怎么样，这孩子长大后肯定会离开。"也许你觉得，只要能与孩子在一起就行了，即使离开我，但这是不对的！走着瞧吧！"

　　在书房里冷静下来之后，他很快又萌发了一种带有科学色彩的想法——

芭蕉结果后，它的主干第二年就会枯萎，竹子也是这样。在动物的世界里，为产子而生，或为产子而死的，不知道有多少！人虽说进展缓慢一些，但仍然要受到自然规律的制约。母亲既然牺牲了自己的一切赋予孩子生命，就必须牺牲其余的一切来保护孩子的生命。如果母亲是受天命而来到人世的，那么，作为回报，在感情上独占孩子也是理所当然的。与其说这是刻意而为，不如说是自然现象。

健三考虑了母亲的立场，又考虑了自己的立场。他在心里对妻子说："你拥有了孩子，真是莫大的幸福，而在享受这种幸福以前，你已经牺牲了很多，以后不知道还要付出多少心血！你现在还无法想象，也许你是幸福的，但实际上你是可怜的！"

九十四

新年越来越近了。

细雪在呼啸的寒风中纷纷飘落。孩子们一天要唱好几遍《再过几夜正月到》的儿歌。就像儿歌唱的那样，她们心里对即将来临的新年充满了期待。

健三独自待在书房里，时不时地停下手中的钢笔，侧耳听着孩子们唱歌。这使他想起了自己儿时的情景。

みちくさ

孩子们又唱起了"年三十老爷就发愁"的《手球歌》。健三苦笑了一下，这与自己目前的状况并不完全一样。他愁的是堆在桌子上那一二十捆答卷纸。他需要抓紧时间一张一张往下看。他一边看，一边用红墨水在纸上画杠、打圈、加注三角符号，再把一个个数字填好，统计出来。

纸上的铅笔字都很潦草，在光线暗的地方判卷，许多地方连笔画都很难看清，有些地方甚至因涂改而无法辨认。健三抬起疲劳的眼睛，望着那厚厚的一摞答卷，不免有些灰心丧气。"佩内洛普的活"[1]，这句英文，他不知念了多少遍。

"什么时候才能处理完啊！"他经常停下笔来长叹。

他身边还有很多处理不完的事。这时妻子又拿来一张名片，他带着疑惑的神情看着那张名片。

"是什么？"

"说是关于岛田的事想见见你。"

"就说我现在没空，请他回去吧。"

妻子离开不久，又回来说："那个人问，什么时候可以再来，让你定个时间。"

健三一时难以回答，直直地望着高高地堆在身旁的答卷。

"我要怎么说？"妻子只好催促他。

"就说请他后天下午来吧。"

健三只好定了个时间。他停下手上的工作，呆呆地抽起烟来。片

---

1 佩内洛普的活：希腊史诗《奥德赛》中的故事。佩内洛普是英雄奥德修斯的妻子，守节二十年，在家缝织战衣，白天织，晚上折，等丈夫回来。文中比喻无止境的无效劳动。

刻后，妻子又走了进来。

"走了吗？"

"嗯。"

妻子注视着摊放在丈夫面前的标有红色记号的脏卷子。她无法想象丈夫批阅这堆答卷的难处，正像健三不了解她夜里要为孩子反复折腾的辛苦一样。

她把其他的事先放在一旁，坐下来问丈夫："不知道他又想说什么，真讨厌！"

"还不是想说过年怎么办吗？你真笨。"

妻子认为已经没有必要再与岛田打交道了，健三却觉得鉴于过去的关系，还是要给他一点儿钱。可是，还没谈到这件事，话题就转到别的方面。

"你娘家怎么样了？"

"还是很困难吧。"

"铁路公司那件事怎么样了？"

"虽说办妥了，但不像之前预想的那么好。"

"这个年也不好过吧？"

"很难过。"

"事情不好办吧？"

"不好办也没有法子呀，都是命。"

妻子比较沉得住气，她好像对什么事都能想得很开。

みちくさ

九十五

递来名片的那个人，按照健三指定的日期，隔了一天之后又出现在健三家的门口。这时，健三正用劈裂了的钢笔尖，在粗糙的日本纸上加注各种符号，不是打圈就是画三角。他的手指多处沾了红墨水，他没有洗手，直接到了客厅。

为岛田而来的这个人，与上次来的吉田稍有不同。但在健三看来，两者没有区别，属于同一种类型。

来人身穿短大褂，系着丝织的腰带，穿了一双白袜子，既不像商人，也不像绅士。他的打扮和言语，使健三联想到管家。来人在未说明自己的身份和职业之前，突然问健三："你还认识我吗？"

健三略感吃惊地望着他。除了带有一直忙于家务的那种神态，他的脸上没有任何特征。

"认不得了。"健三答道。

来人以胜利者的姿态笑起来。

"是呀，认不出也难怪……"来人停了一下又补充说，"不过，我可是还记得那时'小少爷''小少爷'地叫你呢！"

"是吗？"健三冷冷地答了一句，眼睛却直盯着来人的脸。

"怎么？还是想不起来？好吧，我就告诉你吧，以前岛田先生在管理所的时候，我在那里工作过。还记得吗？那时候你因为调皮，被小刀割伤了手指，痛得大喊大叫。那小刀原本是放在我的砚盒里的。当时打来冷水给你冰手指的，就是我啊！"

这件事健三还记得，但他怎么也想不起眼前这个人当时的模样了。

"就是因为那时的关系，岛田先生才要我替他走这一趟的。"他马上转入了正题，而且正如健三所料的那样，还是为了钱，"因为他说，自己不会再到府上来了。"

"嗯，前不久他回去的时候是这么说的。"

"那么你看，这次来个彻底解决行不？不然，保不定他什么时候还会再来麻烦你。"

来人这种认为出了钱就能省去麻烦的说法，并没有使健三感到高兴。

"再牵扯不清，也算不上什么，反正世上的事，都是彼此牵扯着的。算了吧，麻烦是麻烦，但要我出本不应出的钱，我宁愿麻烦点儿。"

来人沉思了片刻，脸上显出为难的神色。他再开口时，却道出了令健三意想不到的事。

"有件事你应该知道。你和岛田脱离关系时，你写了字据，还在他手里。不如趁此机会，给他几个钱，把那字据换回来，是吧？"

健三记得的确有这么一张字据。那是他被生父领回自己家时，岛田要求健三写的。生父无奈，就对健三说："给他写一张吧，随便怎么写都行！"健三不得不拿起笔来，却不知写什么。他随便写了两行多，大概意思是说，脱离关系后双方也都不做无情无义的事，然后就给对方了。

みちくさ

"那就是废纸一张，他拿着也没用，我要回来也没用。如果他想利用，随他的便！"

来人竟是为了兜售那张字据而来的，这使健三更加反感。

九十六

既然话不投机，来人也就不再多说了。过了一会儿，他又伺机把同样的问题提了出来。他说话杂乱无章，显然也不是"理不通诉诸情"的样子，但却充分暴露了只要给钱就行的企图。健三一直陪着他，后来实在厌烦了。

"如果是要我买字据，或是要我为了摆平麻烦而出钱，那我只能拒绝；如果是他生活有困难，需要我帮忙，并且能保证今后不再来要钱，那么，看在过去的情分上，凑几个钱还是可以的。"

"是，是，这就是岛田让我来这里的本意。那就这么办吧！"

健三心想："果真如此的话，为什么不早说呢？"

与此同时，来人也露出了"为什么不早这么说"的神情。

"那你能给多少？"

健三暗想，给多少合适，自己也没有一个明确的数目。当然，越少越好。

"一百元吧。"

"一百？"来人重复了一遍，"没有三百怕是不行吧？你觉得呢？"

"只要钱出得有道理，就是再多，我也会给。"

"那是当然。不过，岛田先生也确实有他的难处。"

"别说什么难处了，我还有难处呢！"

"是吗？"他的语气显然带有几分讥笑。

"就算我真的像之前说的那样分文不给，谁也奈何不了我。如果觉得一百元不够，那就算了！"

听健三这么一说，对方只好作罢。

"好吧，我会把这个意思告诉他本人。我先走了。"

来人走后，健三对妻子说："到底还是来了！"

"怎么说的？"

"还不是为了钱。只要来人，肯定都是要钱，真烦人！"

"命运弄人！"

妻子并没有表现出特别的同情。

"叫人无奈。"

健三简单地回答，他连事情谈到了何种程度都懒得和妻子细说。

"反正花的都是你的钱，我有什么可说的呢！"

"问题是哪儿来的钱啊！"

健三丢下这一句，又钻进书房去了。那些用铅笔涂写的答卷经红笔修改之后，仍在桌子上等着他。他立即拿起钢笔，把已经批改过的卷子再用红墨水批改一遍。他担心会客前和会客后的不同心情，会导致判卷不公，慎重起见，他只好把已经批改过的卷子又重看一遍。但他对前后的判分标准是否一致仍然没有把握。

"不是神灵，不公正也是难免的。"

みちくさ

他一边在心里替自己辩护，一边迅速地继续批阅。可是，卷子太多，无论怎么赶，还是看不完，刚把一组看完整理好，又不得不马上打开另一组。

"既然不是神灵，耐心也是有限的。"

他索性把钢笔一扔。红墨水像血一样洒在答卷上。他戴上帽子，向寒冷的大街走去。

九十七

他走在行人稀少的街上，顾自思考。

"你降生在这个世界上，到底是为了什么呢？"

大脑的某个部位提出了这个问题。他不想回答，而且尽可能回避。可是，仿佛有种声音在追着他反复问同样的问题。最后他大叫一声："不知道！"

"不是不知道，是明明知道却办不到，因而进退两难吧！"

那声音在心底嘲笑他。

"责任不在我，责任不在我啊！"健三像逃跑似的快速往前走。

来到繁华的街道，大家为迎接新年而忙碌的新气氛，强烈地刺激着他的眼睛，使他为之一振，心情才有所转变。

为了招揽顾客，商店用尽办法装饰门面。他一边走一边四处看，有时连女人头上的珊瑚装饰和泥金梳篦，他也会隔着玻璃窗漫不经心地看上一会儿。

"难道过年就一定要买点儿什么吗？"

他自己什么都不买，幸好妻子也说不用买什么。哥哥、姐姐、岳父，没有一个买得起东西。他们都在为过年而犯难，尤其是岳父。

"要是当了贵族院议员，走到哪里，别人都会另眼相待。"

妻子和丈夫说起父亲遭人逼债时的事，曾顺便提过这件往事。内阁倒台的时候，有人强迫岳父辞职，等他们自己引退时，再把岳父从闲职中拉上来，推荐为贵族院议员，借此向岳父尽一点儿心。可是，总理大臣只能从众多的候选人当中选，所以岳父的名字被毫不客气地勾去了。岳父就这样落选了。不知道那些债主根据的是什么，总是对没有保障的人格外苛刻。他们很快逼上门来。岳父离开府邸的时候，辞去了用人，而且暂时取消了专用车，最后连自己的住宅都交给了别人。那时他已经束手无策了，日复一日，渐渐地陷入了穷困的深渊。

"做投机买卖是要出事的。"妻子当时这么说，"当官的时候，做投机买卖的人是帮着赚钱，还算过得去。可一丢了官，那些人就不帮忙了，就这样完了。"

"说起来，还是因为不懂，首先连买卖的意思都没弄明白。"

"你不懂，那是没有办法的事。"

"我是说如果懂，那些做投机买卖的人肯定不敢让你们吃亏。自己都弄不明白！"

健三记得当时就是这么和妻子说的。

他突然察觉到与自己擦肩而过的人都是来去匆匆的，好像每个人都有目标，都在为尽快完成某件事而奔波。有的人完全忽视他的存在；有的人从他身边走过时会看他一眼；有的人偶尔朝他摆出一副"你太笨！"的神态。

回到家后，他重新开始用红墨水钢笔批改答卷。

九十八

又过了两三天，岛田委托的那个人又递来名片要求会见。健三认为事到如今，不好再拒绝，于是无奈地来到客厅，再次坐在那个受人差遣的人面前。

"知道您忙，三番五次前来打搅非常抱歉。"那人谙于世故，嘴上说得好听，态度却并不诚恳，"是这样，我把之前和您的谈话详细地告诉了岛田先生。他说，既然如此，他也没有办法，就按您说的钱数吧，只是希望年内能拿到。"

健三没有这个心理准备："年内？不就是这几天了吗？"

"所以岛田先生才着急啊！"

"如果我有钱，现在就可以给。可问题是，我现在没有钱，我也没办法。"

"是吗？"

两人沉默了片刻。

"怎么办呢？还请您想想办法吧。我也很忙，我是为了岛田先生才特意来的。"

很忙也好，特意也好，都是来人自己的事，不足以打动健三。

"对不起，我确实没有办法。"

两个人面面相觑，又沉默了一会儿。

"那什么时候能拿到钱呢？"

健三也说不上来。

"我再想想办法吧，怎么着也得等到来年了。"

"我是受人之托，总得给对方一个回话吧？至少告诉我个期限。"

"好吧，那就正月里吧。"

健三不想再说什么，来人也只好告辞了。

当晚，为了抵挡夜里的寒冷和困倦，健三让妻子做了热汤面。他把盘子放在腿上，一边喝着那黏糊糊的灰色食物，一边跟坐在一旁的妻子说话。

"看来又得想办法弄一百元了。"

"本来可以不给的，你却答应下来，下一步不好办了。"

"不给确实也可以，但我还是要给他。"

这话前后矛盾，妻子听了，脸上立即显出不高兴来。

"能不能别老那么固执啊！"

"你总怪别人老讲大道理，其实，你自己才是最讲究形式的！"

"你才讲究形式呢！不管什么事，都要先来一通大道理……"

"道理和形式是不同的。"

"对你来说都一样。"

"我告诉你，我不是那种光说不练的人。我嘴上说的理论贯穿于我的手、脚，乃至全身上下。"

"照你这么说，你的大道理不应该那么抽象呀！"

"不抽象啊。就像柿饼，从里面冒出来的白霜，和从外面蘸上的白糖，那是完全不同的。大道理就好像柿饼。"

对妻子来说，这种比喻仍然很抽象。她无法理解那些眼睛能看到而手却抓不到的东西。因此她不想与丈夫争论，即使想争，也没有这个本事。

"你说我讲究形式，那是因为你认为，不管人心如何，只要暴露出来的东西被抓住了，就可以处置人，正像你父亲认为的那样，只要有证据，法官就可以给人定罪一样……"

"父亲没有说过这样的话，我也不是那种只顾着装饰外表的人！是你平时把人看扁了。"

妻子的眼泪扑簌簌地滚落下来。

谈话就此打住。这件事原本与给岛田钱的事毫不相干。如此，事情反而复杂了。

九十九

又过了两三天，妻子出了一次门。

"年底了，我去走了走亲戚。"

她抱着吃奶的孩子，脸冻得通红，走到健三面前，坐在暖和的地方。

"你娘家怎么样？"

"还不是老样子！我们没有去问候，他们倒也不在乎。"

健三便不再说话。

"问我们想不想买那张紫檀木桌子，可我觉得那东西不吉利，就没有答应。"

那是一张古色古香的大书桌，桌面的装饰板是用"舞葡萄"树做的，价值在百元以上。那是岳父从破产的亲戚手里弄到的，作为债款的抵押品；而现在，他也遭受了同样的命运，迟早还得让人抬走。

"吉利不吉利倒不要紧，只是眼下我们没有能力买那种高档品。"健三抽着烟，苦笑着说道。

"这么说，你不打算向比田姐夫借钱给那人了？"妻子没头没脑地问。

"比田有这种能力吗？"

"有啊，听说比田姐夫今年辞去了公司的工作。"

健三认为这个新消息很平常，但又觉得有些不平常。

"年纪大了嘛，可没有了工作，不是更加困难了吗？"

"很难说往后会怎么样，不过眼下还不困难。"

比田辞职，似乎是因为过去提拔过他的那个董事与公司断绝关系引起的。可是，毕竟工作多年了，有权拿到一笔钱，所以他的经济状况暂时还算宽裕。

"他今天过来跟我说，就这点儿钱，吃老本是不够的。如果有可靠的人，他想把钱借出去，让我帮忙找找人。"

"哦，他是想放高利贷！"

健三想起了比田和姐姐平时一直讥笑岛田为人刻薄的情景，然而，一旦自己的境况发生变化，就算以前瞧不起人家，现在也顾不上了。在缺乏反省这一点上，姐姐和姐夫像小孩子似的，都一个样。

"不就是高利贷嘛！"

妻子根本弄不清什么是高利，什么是低利。

"姐姐说，如果周转得好的话，一个月至少能有三四十元利息，他们打算把那些钱作为零星开支，而且，细水长流，打算以后就搞下去！"

健三根据姐姐说的利息，在心里盘算着他们的本钱。

"弄不好的话，会连本带利赔光的，别那么贪利，不如把钱存在银行里，拿相应的利息反而稳妥些。"

"就是因为这样，才要把钱借给可靠的人嘛。"

"可靠的人才不借高利贷呢！利息那么可怕！"

"可是，如果按一般的利息，姐姐、姐夫怕是不会同意吧？"

"如果是那样，我都不想借呢。"

"听说你哥哥有点儿难过……"

比田向哥哥说明了今后的打算，为了开张，要把钱借给哥哥。

"真是的！既然已经亲自去找哥哥了，干吗还要我们去找人呢？再说，哥哥虽然需要钱，但也不会冒险去借他那种钱啊！"

健三感到既难过又可笑。比田那种刚愎自用的习气，从这件事上也能看得一清二楚了。姐姐竟然熟视无睹，她的打算也使健三感到奇怪。尽管姐弟俩血脉相连，但思想观念却有着本质上的不同。

"你有没有说我要借钱呢？"

"那种多余的话，我才不说呢。"

一〇〇

姑且不说利息的高低，健三确实没想过向比田借钱。自己每月多少都会给姐姐一些钱，现在反过来又向姐夫借钱，明摆着是自相矛盾。

"超乎常理的事，这世上比比皆是啊。"说完这句话，他突然很想笑，"说来也怪，我越想越觉得好笑。算了，即使我不借，他也会有办法的。"

"就是，等着借钱的人多着呢！他说眼下只要你说一句立刻就可以借。他正等着呢！"

一句"正等着"使健三觉得更加可笑。他情不自禁地笑起来。妻子也认为姐夫等着借钱给丈夫不太合理，她虽然没有想到这关系到丈夫的名声，但觉得这件事有趣，也和丈夫一起笑起来。笑过以后，又有了一种异样的感觉。健三不由得想起了发生在自己和比田之间的一些不愉快的往事。

那是在健三的二哥病死前后。当时，二哥把自己平时用的一块双面银壳的怀表拿给弟弟看："往后这表就是你的了。"年轻的健三从来没有用过表，当然很想要，暗自盘算着什么时候才能把这宝贝挂在自己的腰带上。他一想到总会有那么一天，心里就异常高兴，就那样过了一两个月。

二哥死后，他的妻子说为了尊重丈夫的遗言，要当着大家的面

みちくさ

217

把那只怀表送给健三。然而，那表本是故人的遗物，应该作为纪念品留存下来的，却不幸被押在了当铺里。当时的健三显然没有能力把表赎回来，只不过从二嫂那里得到了一个名不副实的所有权，而自己喜欢的怀表却没有到手。

过了几天，大家再次聚到一起。席间，比田从怀里掏出那只怀表。怀表焕然一新，外壳被磨得铮铮发亮，新换的表链上装饰了珊瑚珠子。比田装模作样地把表放在哥哥面前说："我决定把表送给你。"

姐姐也在一旁附和，说着和比田一样的意思。

"让你费心了，太谢谢了，那我就收下了。"哥哥表达了谢意，接过怀表。

健三就这样默默地看着他们三人的表情，什么都没说。他就在一旁，而那三人却好像没有看见他一样。健三觉得自己受到了极大的侮辱，但自始至终，他都没说一句话，而他们三个也好像什么事都没发生一样。那以后，健三像憎恨仇敌一样憎恨着他们，他想不通他们为什么要这样伤害他。

健三既没有跟他们说这怀表是属于自己的，也没有要求他们解释，只是在心里讨厌他们。在他看来，被自己的弟弟厌恶，就是对他们最严厉的惩罚。

"事到如今还是无法释怀吗？你对他们的成见也太深了。你哥哥听到，一定会吃惊的。"

妻子暗暗观察着健三的表情，健三却不为所动。

"说我成见深也好，没有男子汉气概也罢，事实终归是事实。如果一定要把事实一笔勾销，他们当初就不该做出那么伤感情的事。当时的心情，我是记忆犹新。就是因为没办法忘记，所以总在某个地方起作用。即使我死了，老天爷也会让这种记忆存在下去。这是无可奈何的事。"

"不借他的钱不就行了！"妻子说这句话的时候，心里除了在考虑比田等人，还在盘算着自己家和娘家的事。

—○—

辞旧迎新之际，健三一直在用自己冷漠的态度注视着整个世界在这一夜之间发生的变化。

"这些无聊的事，不过是人们自己导演的一出出戏。"

对他而言，既不存在除夕，也无法感受到新年伊始的气氛，一切都不过是上一年的延续。他遇见别人时，甚至连一句恭贺新禧的话也懒得说。他认为与其说那些没用的话，不如待在家里，谁也看不见，心里反倒舒坦些。

他依旧穿着平日里穿的衣服，信步出了门，尽量朝没有新年气氛的地方走去。

冬日里叶落枝空，田园荒芜，草葺的屋顶和细细的水流渐渐进入他的眼帘。他对这毫无生机的大自然失去了兴致。幸好天气不错，野地里虽刮着干冷的风，但并没有扬起尘土。雾霭漫漫，日影淡淡，静静地洒在他周围，远远看去就像春天一般。健三下意识地朝既没有人也没有路的荒野走去。田野里的霜正在融化，使健三的靴子粘满了泥土。他感觉到脚步越来越沉，不得已停了下来。他想趁此机会作张画排遣苦闷，然而，那张画令他自己很不满意。本来心情就不好，这个时候写生，只能使自己更郁闷。于是，他拖着沉重的脚步回家去。途中，他想起了要给岛田一百元钱的事，这使他产生了想写点儿东西的欲望。

批改答卷的工作总算完成了。离新工作开始还有十天，他打算利用这十天写作，于是拿起钢笔，在稿纸上写起来。他知道自己的身体越来越差，但这并没有引起他的重视。他仍拼命地写着，像是在跟自己的身体过不去，又像是在虐待自己的健康，更像是在惩罚自己的疾病。健三虽然知道自己贫血，但他认为既然不能杀人取血，就只好用自己的血来弥补。

当他终于写完了预定的稿子时，他把笔一扔就躺在榻榻米上。

"啊！啊！"他像野兽般吼了两声。

他很轻松地就把写好的东西换成了钱。但是，怎样把钱交给岛田却让他感到为难，一来是他不想和岛田见面，二来对方也说过不会再到他这里来。看来，需要找个人从中调和。

"恐怕还得请你哥哥或者比田姐夫吧？他们以前都插过手。"

"是啊，找他们最合适，也不是什么特别难办的事，用不着另外找人。"

健三随即向津守坡走去。

"一百元？"姐姐显然感到很吃惊，似乎觉得给这么多有些可惜，眼睛睁得溜圆地看着健三。

"还是阿健气度大，不干那种小家子气的事。确实，那个岛田也不是一般的老头，像他那样的恶棍，不给一百元怕是没法结束。"

姐姐一个人嘀嘀咕咕地竟说出了出乎健三意料的话。

"可是，毕竟新春刚过，也够为难你的。"

"的确为难，但就像鲤鱼那样，顶着急流往上吧！"一直坐在一旁看报纸的比田终于开了腔。

健三没明白他的意思，姐姐也不明白，但姐姐却会心地大笑起来，反而使健三更加摸不着头脑。

"说来说去，还是阿健有本事！只要他愿意，要多少就给多少！"

"他和我们这种人，头脑是不一样的，他是右将军赖朝公[1]转世的。"

比田一直说着奇怪的话。不过，健三委托他的事，他二话没说就答应了。

一〇二

大约是正月中旬，比田和哥哥来到健三家。大街上，用于装饰大门的松枝已经拿掉了，但到处都残留着新年的迹象。两个人在既无旧年之感、亦无新年之感的健三家的客厅里坐下来，像是有什么心事，不断地向周围张望。

比田从怀里拿出两张字据放在健三面前："太好了，总算解决了！"

其中一张字据写的是"收到一百元钱"及"此后断绝往来"等话，语气有些陈腐，看不出是谁的笔迹，但确实盖有岛田的印章。

---

1 右将军赖朝公：镰仓幕府的第一代将军源赖朝，据说他的头要比一般人的大。

健三一边默读字据，一边嘲笑似的看着"此后"和"恐后无凭，立此为据"等话。

"让你们费心了，非常感谢。"

"只要他立下字据，以后就不会有事了。不然，真不知道他要纠缠你到什么时候！是吧，阿长？"

"是啊，这么一来，总算可以安心了。"

健三听了比田和哥哥的话，心里并不觉得感激。他给岛田一百元钱是出于好意。这钱他可以不给的，他也没想过用钱来摆平这些麻烦。

健三默默地打开另一张字据，那是自己被生父领回家的时候写给岛田的。

此次与你脱离关系，抚养费由生父负责。不情不义之事，往后我亦尽力避免。

健三并不完全理解其中的意思和道理。

"他是打算把字据硬卖给你。"

"就是说让你用一百元钱把它买下来。"

比田和哥哥一唱一和地说着。健三懒得插嘴。两人走后，妻子打开两张字据看了看。

"这张字据被虫蛀了。"

"反正是废纸，也没有什么用，撕了扔纸篓吧！"

"没必要特意把它们撕了吧？"

健三离开座位。再看到妻子的时候，他问："刚才的字据呢？"

"放到柜子的抽屉里了。"

听妻子的口气，像保存了贵重的东西似的。健三对她的处理方法未加责怪，也没有称赞。

"总算解决了，也算不错。"妻子觉得终于可以放心了似的。

"什么解决了？"

"不是吗？既然字据拿回来了，那就没事了呀。以后他想干吗，就算再找来，我们也大可不理会他。"

"过去不也一样吗？如果你想那么做，随时都是可以。"

"但是，有字据在我们手里，感觉毕竟是不一样的嘛！"

"放心了吗？"

"嗯，放心了，因为彻底解决了。"

"没有从根本上解决！"

"为什么？"

"只是表面看起来解决了。我就说你是个只看形式的女人！"

妻子脸上显出不解和反感的神色："照你这么说，到底怎么样才算真正解决呢？"

"在这个世界上，能够真正解决的事几乎是不存在的。事情一旦发生了，就会一直延续下去，只是会以各种各样的形式呈现，使自己和别人都捉摸不透罢了。"健三说这话的语气像是往外倾吐一样，显得很难过。

妻子一声不响地把小宝宝抱起来："哦，哦，好孩子，好孩子，爸爸在说些什么，咱们可是根本听不懂啊！"

妻子一边说，一边反复亲吻着孩子红红的脸蛋儿。

みちくさ

图书在版编目（CIP）数据

路边草/（日）夏目漱石著；魏雨译. —北京：北京联合出版公司，
2015.5（2018.9重印）
ISBN 978-7-5502-4704-8

Ⅰ．①路… Ⅱ．①夏… ②魏… Ⅲ．①长篇小说－日本－近代
Ⅳ．①I313.44

中国版本图书馆CIP数据核字（2015）第030221号

路边草

出版统筹：新华先锋
责任编辑：王　巍
特约编辑：宋亚荟
封面设计：杨祎妹
版式设计：朱明月

北京联合出版公司出版
（北京市西城区德外大街83号楼9层 100088）
北京联兴盛业印刷股份有限公司印刷　新华书店经销
字数120千字　620毫米×889毫米　1/16　14印张
2018年9月第2版　2018年9月第2次印刷
ISBN 978-7-5502-4704-8
定价：49.00元